這邊是愛美子

こちらあみ子

今村夏子——著
詹慕如——譯

目次

這邊是愛美子

拿著鏟子和揉成一團的塑膠袋，愛美子打開了後門。這幾天深夜經常下雨。下過雨的隔天，通往外面院子那條路，泥濘到得把腳底從地上拔出來，多虧了昨天整整一天的晴朗，今天早上隨意套上的涼鞋已經能不受任何阻礙地順暢往前走。看到緊黏在涼鞋邊緣的泥巴乾硬變灰，她決定摘完紫花地丁後順便用外面的自來水洗洗這雙涼鞋。走過有雨遮的屋簷下，爬上通往家後方田地那道徐緩的短坡途中，她發現旁邊一棵杜鵑正盛開著白色的花。愛美子佇立在坡道中央，思考著要不要放棄紫花地丁改摘杜鵑。但現在身上沒有帶能剪下杜鵑樹枝的強力花剪，她還是決定去採紫花地丁。

這片坡面平時雜草叢生，但上星期附近寺廟的和尚說是順便，靈巧地操作著除草機漫天割撒。所以現在跟之前大不相同，變得很清爽，走起來也不會刺刺的。奶奶送給和尚她自己搓的綠色糰子。

坡道很短，馬上就能爬到頂。坡道頂上的平地有一塊小旱田，負責照顧這些不同季節生長的黃瓜、鴨兒芹、茄子、白蘿蔔是奶奶的工作。春天即將進入初夏的現在，是豌豆最好吃的時節，但最近早中晚三餐，不管燉的湯、炒的所有菜裡都加了豌豆，也差不多要吃膩了。她就這樣徑直走過無人照料的茂密樹林，不去看那些垂下的黃綠色薄薄豆莢，來到每隔一年就會結出小顆果實的柿子樹旁坐下。

紫花地丁就開在這祖露著赤黃色泥土的地上。柿子樹枝葉遮擋住陽光，讓樹下總是陰暗潮濕，但可能因為從土裡吸收了不錯的養分吧，這裡的野生紫花地丁即使日照不良個頭也長得很大，開出顏色深豔的紫色花朵。愛美子把手上的鏟子往土裡一插，將紫花地丁連根挖起。正要把花移裝到袋子裡，往左手望去，發現揉成一團的塑膠袋口還沒打開，慣用手又正緊握著鏟柄空不出來，單靠笨拙的左手實在開不了，只好加上臼齒和舌尖幫忙來打開袋口。花瓣抖動著，好不容易連同鏟子讓整叢花都滑入袋中，把鏟柄朝正上方慢慢抽出來。隔著塑膠袋用汗濕的雙手掌心調整土和根部的位置，確保花莖維持筆直，然後她「嘿咻」了一聲站起身來。

回程途中快走完下坡路時，看到沙樹踩著高蹺過來。雖然遠到只能模糊看見豆粒般的輪廓，但那一定是沙樹沒錯。來得正好。愛美子舉起拿著鐮子的那隻手揮了揮：「喂～」。對方沒有反應，可能沒聽到聲音，或者距離還太遠沒看到這裡。就算發現了，沙樹雙手握著高蹺，應該也沒辦法揮手。看起來應該是往這邊前進沒錯，可是速度慢得像原地踏步一樣。

沙樹是住在附近的小學生，來愛美子家玩時總是踩著高蹺出現。說是附近，以小孩的腳程也得花十五分鐘以上，看到沙樹這麼努力踏實地試圖縮短距離，不會踩高蹺的愛美子半是訝異半是佩服。每次拿出零食果汁款待，或者摘下愛美子種的花讓她帶回去，這位勤奮的小客人都會很開心。幾天前，沙樹的手指向開在田埂路上有毒的花，說想帶那些花回家。愛美子說了那些花不行，但沙樹卻罕見地鬧起彆扭：「我就是想要黃色可愛的花。」沒辦法，她只好剪了四、五枝用報紙裹起來交給她。隔天，沙樹沉著臉但依然像儀式般認真一步一步踩著高蹺過來，說是被媽媽罵了。媽媽要她把那麼髒的花丟了。沙樹對愛美子說：「害你變成壞人，對不起～」還一邊摩擦著雙手手掌低下頭。愛美子安慰她，不用在意這種事。確實是自己給了沙樹毒花。那個眉頭垂成八字、不斷低頭道歉的女孩覺得自己害了愛美子，深深地反省。看到她快哭出來的表情，愛美子不禁心想，下次一定要讓她帶些媽媽會開心的花回去。所以現在才來這裡採紫花地丁。

她總覺得該好好對待朋友。一到假日就會露臉的沙樹一定很喜歡愛美子。愛美子也一樣，很喜歡沙樹。沙樹叫她：「你說『咿』。」她會乖乖地說「咿」。沙樹最喜歡愛美子把嘴巴往兩邊拉開時露出來的黑洞。愛美子缺了三顆門牙。正確而言應該是從愛美子的方向來說正中間兩顆門牙的左邊跟那顆的左邊、還有再左邊的那一顆。第一次發現時，沙樹尖叫著「呀！」兩手捂著嘴格格笑個不停。接著她問：「為什麼沒有牙齒呢？」愛美子說是因為國中時被男生打了一拳，牙就不知去向了，沙樹聽了之後「啊！」驚訝地往後一仰。愛美子還告訴她，打人的男生叫小範，是她從小就非常喜歡的對象。現在正在單戀足球少年的沙樹很想知道，被自己喜歡的人打是什麼感覺。

那時候沒能好好告訴沙樹。雖然很想告訴她，但是畢竟當時還沒跟奶奶一起生活，住在離這裡很遠的家，現在那些事都忘得差不多了。

「什麼嘛，真沒意思。」雖然沙樹這麼說，但是她好像很愛看愛美子祖露在她面前的空洞，臉又湊得更近了。小事一樁。只要你想，愛怎麼看就怎麼看。咿～。

1

直到十五歲搬家那天為止，愛美子都是田中家的長女。家裡有父母親跟一個素行不良的哥哥。

她小學時母親在自家開設了書法教室。不過也只是母親把自己平時作息的那間面簷廊四坪和室鋪上紅地毯，擺上三張橫長書桌，一間很小很簡樸的「教室」。教室隔壁是佛堂，隔著走廊對面是廚房兼餐桌。來上課的學生不從玄關進來，會在簷廊處脫了鞋直接進教室。這是母親決定的，她說如果從玄關進門就得經過佛堂和廚房，田中家的生活空間會被外人看到。簷廊前的小院子是父親停車用的車庫。停了車的日子，學生們得側著身子，從車子和水泥牆中間的縫隙側身慢慢前進，才能到達脫鞋的地方。父親深藍色的車，有一邊經常被這些小學生的書包或手提包上的零件刮出傷痕，留下白色痕跡。這種時候父親也不會抱怨，總是用不知哪來的四方形海綿沾上管狀膏體擦拭這些刮傷。父親說：「這是魔術海綿呢。」用魔術海綿擦過後，刮傷先是漸漸不明顯，然後在眼前消失無蹤。愛美子央求父親讓她負責施展魔法，她非常熱衷搶先在其他人之前發現刮痕然後認真地消除。多虧如此，深藍色車身總是維持得晶晶亮亮，但其中也有些難以消除的痕跡。用堅硬東西劃下的深刻刻痕，就算運用魔法力量消除也有其限度。例如「愛美子蠢蛋」就是一個例子。換個角度看，可能會因為光線反射的程度看不清，但痕跡並沒有完全消除掉。

「應該還差一點就可以消掉了吧。」愛美子還是無法死心，用力地不斷摩擦這處刮痕。小學一年級的愛美子只看得懂自己名字的部分，下面的「蠢蛋」她還看不懂。她問過父親，但父親只是用手指推推自己的眼鏡說：「我也不知道。」

隔天起，不管天氣好壞，那輛深藍色車子都會覆蓋上厚厚的防雨罩。

雖然少了消除刮痕這個樂趣，但還有其他有趣的事，比方說偷窺書法教室。愛美子稱鋪滿紅地毯的那間房間為「紅色房間」，母親嚴格禁止她進入紅色房間。所以她只能小心不被母親發現、躲在紙門後面偷看，但這樣很好玩。她會先大聲叫嚷著：「尿尿、尿尿！」假裝要去廁所，然後偷偷潛進隔壁佛堂，壓低聲音、屏息靜氣把食指伸進紙門之間，撬出些微空隙。單用左眼看，最先看到的是母親結結實實綁成一束馬尾的黑色後腦勺。她對面同年齡的孩子們都面對愛美子這邊端坐著。握筆的學生當中也有挺直背脊坐在桌前大她兩歲的哥哥。除了哥哥之外其他人她都不認識，但她就是忍不住被那些窸窸窣窣的說話聲、混合了墨汁跟報紙的味道吸引去偷窺。也不知為什麼，包圍在墨水跟報紙的味道當中會莫名地有尿意，最後不是為了掩飾，真的跑了好幾趟廁所。

夏日的那一天，愛美子就跟平時一樣躲在紙門後面，幾次來回廁所。

中間她去了一次廚房，拿了母親事先煮好給他們當點心的玉米。回到老地方後，用門牙一顆一顆掰下玉米粒，啃起甘甜的玉米，這時她突然發現其中一個學生正在看自己。那個男孩維持著握筆的姿勢靜止不動，一對圓眼睛瞪得斗大，直盯著正在吃玉米的愛美子。只開了一條縫的玻璃窗格答格答響，傍晚徐徐微風從紗窗吹進來，輕輕吹動了男孩被夕陽照亮的清爽瀏海。唰！只有咬碎黃色顆粒的聲響在愛美子耳底大聲迴響。

男孩放下筆。接著他拿起放在桌上的半紙，舉到跟自己臉同高給愛美子看。上面寫著「心」。工整擺放在白紙上的字非常漂亮，愛美子寫的字根本不能相比。男孩的毛筆大概是沾了太多墨汁，「心」字下方那一筆的尾端開始有墨汁慢慢往下滑。就像正在微笑的嘴角垂下的一滴黑色口水。愛美子看到入迷，手裡的玉米變得愈來愈燙。她長長的指甲嵌入玉米粒中，刺破了皮。甘甜的汁水滲出，跟汗水混在一起，變得黏噠噠的。手指用盡了力氣，但腦袋卻空空如也，而此時她的腦中只塞滿了眼前這個男孩。這時，突然有人叫了她的名字。

「是愛美子！」

所有學生都抬起了頭。

「老師，愛美子在偷看。」

「啊？」

「老師，後面、在後面。」一個男孩亢奮地起身。他伸長了手，用筆尖指向愛美子。母親黑色的頭一轉，下個瞬間，那對細長的眼睛直盯著愛美子，靜止了動作。

愛美子仰望著慢慢接近的母親下巴上那顆痣，理直氣壯地主張：「我沒進去啊，只是看看而已。」

母親反手關上紙門，深深吐了一口氣對女兒說。「去那邊寫功課。」

「啊～」

「啊什麼啊，快去。」

「我也要寫書法。」

「不行。」

「我要寫。」

「功課沒寫完的人不能練字。」

「那我看就好。」

「不行。除非你可以認真寫功課，每天上學，跟朋友好好相處，乖乖聽老師的話，確實守規矩。你能辦到嗎？你可以不在上課時唱歌、不在課桌上塗鴉嗎？你可以答應不在學校玩拳擊、表演《赤腳阿元》或印度人嗎？辦得到嗎？你辦得到嗎？」想說的話都說完後，母親靜靜拉開紙門回到學生們等待的紅色房間，在愛美子面前不留情地關上門。

那一天之後又過了很久，她才知道小學班上有一個在紅色房間裡見過的男孩。就是那個寫了「心」的男孩。愛美子一直蹺課沒去上學，所以之前都沒察覺。當她發現時非常興奮。

「啊！你就是那個字會流口水的人。」說著，愛美子指向那個人，對方圓圓的眼睛先是看了愛美子一眼，然後偏了偏頭。

事後想想，那天男孩應該不是要給愛美子看，可能是舉起完成的作品給書法老師看。但愛美子卻誤以為那是朝向自己的炙熱視線。只朝向自己的視線，還有旁邊那張漂亮的字。那個人從什麼時候開始在這個班上呢？下課時間愛美子去問了班上的導師。老師告訴她，小範早在你轉來之前就在囉。老師說，小範從一開始，就一直在。自己都不知道。「小範」，她試著發出聲音說了這個名字。

第一次跟小範說話是在一天的放學路上，那時秋天已經快要結束。為了通知在外面玩的孩子們該回家了，公民館的老舊擴音器混著雜音播放著《七個孩子》的旋律。

「是墳墓。愛美子，把拇指藏起來。」

哥哥走在自己兩、三步前。快走到墓地前時，他總是會說一樣的話。平時愛美子會依照他的命令，把拇指藏起來，但那一天她已經無心想這件事。因為小範正走在她後面。她知道離開校門時，小範就隔著一定的距離走在背後。愛美子每隔兩秒就回頭一次，不斷回頭確認他的身影。不管看幾次，維持一樣表情、一樣距離的小範就在眼前。跟給自己看「心」時同樣的那張臉，清爽的瀏海、圓圓的眼睛，緊閉的小嘴，就在僅僅相隔五、六步就伸手可及的地方。「臭教會到了。愛美子，把鼻子捏起來。」來到一個老舊的小教會前，哥哥也照例說了跟平常一樣的台詞。平時會應聲「喔」之後捏住鼻子的右手，今天還一直垂著沒動。哥哥踢開小石頭，轉過頭來。「喂，你有沒有在聽啊？啊，小範！」

小範彎嘴一笑，舉起一隻手。愛美子輪流看著哥哥和小範的臉。「小範，你來得剛好。」說著，哥哥跑到小範身邊。他們兩個幾乎每週都會在紅色房間碰面。愛美子這才想起，哥哥和小範都是母親的學生。「我有事要拜託你。一下子就好，能不能陪我妹回家？我要拿漫畫去還我朋友，到家之前你先陪她走一下，我很快就會追上你們。」他快速說了這一串話，然後一溜煙地消失在往旁邊延伸的小巷弄裡。

哥哥跑開後，愛美子跟小範依然保持五、六步的距離，就這樣盯著彼此幾秒鐘。自從夏日傍晚在紅色房間面對面到這一天，她從來沒有跟小範兩個人單獨相處過。距離那個傍晚已經過了四個月，不知不覺中，學校水龍頭出來的水已經變得很冰涼很好喝。時節漸漸接近冬天。

一個轉身再次面向前方，愛美子大步跨出一步。她停下來併攏雙腳，再次回頭望，這時小範也往這裡跨了一步，一樣剛好停下。那接下來前進兩步再回頭吧。結果小範也一樣只走了兩步就靜止下來。愛美子露出滿臉的笑容對小範說「唧！」她又轉回去開始往前走，走了十步左右後再次回頭，笑著說「唧！」

就這樣重複了好幾次。每次回頭時，都能在相同距離看到相同的一張臉，讓她覺得很開心。她看著自己在地上拉得長長的影子，再看看小範的臉，整個人著迷在其中，完全沒發現周圍景色的變化。

「唧！」不知道是第幾次的唧。

「幹嘛？」小範開了口。

他跟自己說話了。難以抑制的興奮讓她感到身體裡面彷彿正發出高音在蹦跳。「唧嚕唧嚕唧嚕唧！」說話的同時她開始單腳跳著往前進，累了就換另一隻腳，繼續往前跳。「喔喔喔喔！」差點失去平衡跌倒，轉過頭，後面已經沒有人在。

一片寂靜。剛剛還聽見的《七個孩子》旋律，不知什麼時候已經停了，連車子經過的聲音都聽不見。愛美子一個人站在寬度跟學校走廊差不多的陰暗小路上。跟粉紅色運動鞋緊貼的地面是褐色的土，但那種土色不是平時看慣的顏色，是今天第一次看到的種類。她來到一個陌生的地方。看看兩邊，是長長的白牆，沿著圍牆有好幾塊立牌插在地上。不要採花！不要採花！不要採花！所有牌子上都用黑色墨水這樣寫著，但附近並沒有看到花。

她不覺得自己迷路了。她感覺自己的身體不能動彈。從腳尖到頭頂都僵住，鞋底緊貼著地無法分開。感覺就這樣經過了一段漫長的時間。她在安靜的道路正中央緊握著雙手，像石頭一樣定住不動，這時，耳邊聽到從遠方踏著地面奔來的聲音。那往這裡奔來的聲音愈來愈強而有力。她試著慢慢把頭轉往聲音傳來的方向，脖子以上意外地能順利轉動。粗重的腳步聲響著，透過地面可以感覺到聲音已經在不遠處。她雙手緊握等待腳步聲的到來。

「你在這裡啊。」哥哥出現在眼前，說道：「我還以為你去哪裡了呢，找你很久耶。」

哥哥看起來就像衝破了那道連綿沒有盡頭的白牆跑出來一樣。大概是因為拚命跑過來的關係，哥哥上氣不接下氣地喘著，一邊東張西望看著周圍。

「小範呢？他去哪了？」

愛美子也不知道該怎麼回答。一看到哥哥就感到身體深處產生一股熱意，那種熱燙的感覺讓她驚訝得掉淚。看到愛美子哭，哥哥也沒問原因，只是往左往右轉頭看了許多次，奇怪了，小範回去了嗎？

「我在這裡啊。」

聲音從身後不遠處傳來，愛美子跟哥哥同時轉過頭，看到小範筆直站在眼前。

「喂，你去哪裡了？」哥哥問。

「回家，我去放書包。」手上沒拿東西的小範回答道。
「你在吃什麼？」哥哥又問。
「饅頭。」
小範嘴巴嚼呀嚼的，突然又不見人影，再次出現的時候雙手各拿著一個饅頭。他把發糕分別給了哥哥和愛美子，瞥了一眼愛美子，「她為什麼哭？」不是問本人，而是問哥哥。
哥哥說：「不知道。」開始大口吃起饅頭。
「欸愛美子，不要哭了啦。」哥哥說。
「但是她只有流一點點眼淚耶。」小範說。
「我妹眼淚本來就很少。」
「是喔。」
「這個很好吃耶，你媽自己做的嗎？」
「嗯。欸，她哭聲很低耶。」

「我妹嗎？很低喔？」

「很低啊。」

「是嗎？這個好好吃喔。再給我一個。」

「在難過什麼啊？」

「誰知道。」

「連你都不知道嗎？」

「大概跌倒了吧。」

「跌倒了。」

「看吧，愛美子跌倒了。」

嗯。她決定這麼說。

小範給的饅頭是白色的，上面撒著切成小方塊的地瓜。她只捏起上面黃色部分，把饅頭的部分交給哥哥。

收下又甜又好吃的地瓜，還有剛剛那僅有一句的交談，讓愛美子覺得兩個人更拉近了距離。如果可以，真希望每天都能跟小範一起回家，但是上下學一定得跟哥哥兩個人一起，沒辦法跟小範一起。兩兄妹平時上下學的路上，原本就很少有其他人加入。

「好好看著，別讓妹妹在上下學路上搗蛋」是父母親賦予哥哥的使命。對愛美子來說，跟哥哥一起上下學很開心，但哥哥可能並不這麼想。他不太跟愛美子牽手，又經常會說「閉嘴！」「住手！」如果哥哥拉著正在說話的愛美子手臂，把她帶到民宅圍牆後面命令她「不許動」，多半是朋友從對面走來的時候。一直到他們經過為止，都得跟哥哥一起躲著才行。

「走了。」給哥哥使了個眼色後，他才會從圍牆後面探出頭來，環顧四周後再往前走，走得比平時更神氣。有一次大概因為愛美子叫得太早，哥哥被朋友們看見了。當時他們沒找哥哥，而是對著愛美子攀談。

「出現了，是妹妹耶，阿孝他妹。」

「愛美子耶。」

「你都用手吃營養午餐對吧？」

午餐是咖哩飯時愛美子習慣用手吃。她說這是在「模仿印度人」，當她在家也一樣這麼做時，母親看了大叫一聲。

他們跟妹妹說話時還有離開之後，哥哥都一言不發。來到墓地前、教會前，她等著哥哥發號施令，但是那天哥哥卻沒有說出那些固定的句子。救護車從旁邊飛馳而過時也一樣。因為哥哥沒說，愛美子也忘了把拇指藏起來。不把拇指藏好會發生可怕的事啊。之後要給哥哥使眼色時，她就小心多了。

一天傍晚，父親問：「明天開始不跟孝太一起，你一個人能回來嗎？」愛美子一邊看著電視上的動畫，簡單地回答：「嗯。」她趴在起居室地板上，正沉浸在動畫的世界中。這時哥哥走來，手裡拿著果凍跟湯匙。「給你。」剛好畫面切換成廣告，她撐起上半身接過。放了很多圓圓櫻桃果實、看起來像紅色寶石一樣的果凍，是當時哥哥最愛吃的東西。愛美子用湯匙挖起果實的部分送進嘴裡，「吃完了。」把剩下的還給哥哥。她的視線再次回到電視畫面上，嚼著柔軟的櫻桃。既然這樣那明天開始就跟小範一起回家吧。

但是實際上數數跟小範兩個人一起回家的次數，加起來不到兩隻手。她一大聲叫小範的名字，他就會跑走。或者有時候她滿心想著回家後的動畫和零食，完全忘記小範的存在。但如果有重要的事那就另當別論，她會拚命找到小範，在其他同學熱鬧的包圍下一起回家。這種時候小範總會把制服帽簷往下拉到能遮住眼睛，門牙緊咬著嘴唇。

愛美子迎接十歲生日的隔天也是這樣。她找到帽子戴得低低的小範，告訴他爸爸給了自己什麼禮物、晚餐吃了什麼好吃的東西等，一一把前一天晚上發生的事說給他聽。

生日的餐桌上，父親送給愛美子一個玩具無線電對講機。這是她愛看的動畫裡主角們必備的道具，一組有兩台。她一直很想要，已經求了爸媽很久。

「以後就可以用這個跟小寶寶玩間諜遊戲了。」說著，她高興得高舉雙手跳了起來。

小寶寶是指愛美子即將出生的弟弟或妹妹。爸爸又給了她一盒心形巧克力餅乾、一盆黃色的花，另外還有一台可以拍二十四張照片的即可拍相機，「你要用這個拍很多小寶寶的照片喔。」

愛美子慎重地雙手接過那有著鮮亮光澤的綠色包裝，從很多不同角度看著。她問父親：「可以練習一下嗎？」。

「可以啊。」獲得允許後她打開包裝。哥哥教她怎麼用閃光燈，她拿起相機，準備拍攝除了自己以外的家人。

「等一下喔。」母親說。她抱著開始變大的肚子站起來，拿起不知哪來的鏡子，單手持鏡、另一隻手的指尖開始整理瀏海。餐桌安靜了一瞬間，不過父親的筷子伸向醃小黃瓜、丟進嘴裡，咬得喀喀作響。哥哥沒有放下雙手比出的V字，維持著鬼臉繼續等待。

愛美子隔著鏡頭盯著一直整理瀏海的母親的臉。正中間被鏡子擋住看不見，但是她左下巴那顆跟黃豆差不多大小的痣沒有被遮住。母親手指的動作還沒有停下。她終於等不及，沒耐性的食指不由得按下了快門。閃光燈亮起的同時，母親也從手中的鏡子上抬起頭看著愛美子，然後馬上轉頭看著父親問。「不是吧，我剛剛不是說了等一下嗎？」

父親應道：「嗯？」愛美子再次拿好相機呼喚大家。「剛剛那次是練習，接下來才是正式的，要開始囉～。」

「不拍了。」母親轉過身去：「不用拍了，愛美子你真是的。」

父親面對餐桌，無言地拿起木匙打算吃眼前的茶碗蒸。在旁邊看著的哥哥臉上作怪的表情消失，收回舉起V字的兩根手指頭。

「要拍啦要拍啦。大家看我這邊～。」她再次呼喚家人。沒有人轉向她那邊。

「好了，謝謝你啊，愛美子。」說著，母親從女兒手上拿走相機，放在冰箱上。然後打開電鍋蓋，開始把飯裝在印有小花圖案的小飯碗裡。送到面前的是愛美子最愛的什錦炊飯。廚藝精湛的母親非常清楚大家的喜好。吃了一口，愛美子就被這香醇的醬油味吸引，她大聲宣稱：「我一定要吃好多碗。」

但是食量不大的愛美子最後連一碗都吃不完。碗底還留有兩、三口飯，她就把粉紅色筷子丟在餐桌上。母親把裝了女兒另一樣愛吃的炸雞塊盤子放在她面前，但是她舉起一隻手不耐地揮開：「不要了。」接著她把剛剛父親給的巧克力餅乾盒放在大腿上。興致勃勃地說：「我要吃這個！」打開了畫著大心形的盒蓋，可是只把覆蓋在餅乾表面的巧克力舔得乾乾淨淨，之後愛美子的肚子就飽到連吸空氣都覺得難受。

嘴上說著好難受、好難受，肚子快爆炸了！但昨晚還是很開心。她很想告訴小範。

「是灰色的喔。」

「喂，你想看嗎？」

「可以拉長喔。」

「還有相機。」

「我拍了媽媽。」

「指示燈要先亮才可以。」

「我們來玩無線電吧。」

「蚯蚓。」

只有愛美子在說話。對方連出聲附和都沒有，不過平時也都是這樣。小範跟其他同學一起時會大聲喧鬧，不過跟愛美子兩個人的時候總是很安靜。

「有巧克力、還有花。」

「很棒吧。」

「可以拍小寶寶。」

「無線電～」

叮鈴鈴，自行車的鈴聲傳來，不認識的阿姨對愛美子說了聲「回來啦」，笑著經過身邊。

「我回來了。」

小範對著駛遠的自行車有禮貌地打招呼。跟愛美子兩個人的時候總是十分安靜的小範，如果有大人冒出來，他就會突然開始說話。

看著對自行車打招呼的小範，愛美子覺得對方很可靠，她大聲地乾咳了一聲，拿出手提包裡的咖啡色盒子。

「這個給你吃。」把整個盒子都交給對方。

「這什麼？」

「說話了。」

「我問你這什麼？」

「巧克力，昨天收到的喔。」

「生日禮物？」

雖然沒說話，但是他都有聽進去。

「嗯！給你。你吃吧。」

「不要，帶這種東西回去會被我媽罵。」

「那你現在吃啊。」

「現在？」小範打開她遞過來的盒子。「這不是巧克力啊。」他噘著嘴說，然後拿起一塊小麥色餅乾吃了起來。「哪是巧克力啊。根本不是巧克力嘛，就是餅乾啊。」

「很好吃吧。」

「都軟了。」

「很好吃吧。」

「普通啊，軟掉了。」

雖然這麼說，小範還是一整盒都吃完了。吃完後他把空盒子丟到愛美子腳邊。愛美子心滿意足地接過。他們揮手道別後，她把四方形的盒子夾在腋下，小跳步著回到家。如果跟哥哥在一起，他可能會說這根本不叫小跳步吧。

「愛美子只是在跺腳而已吧。」之前哥哥好像這樣說過。這個傍晚，小鎮上充斥的所有聲音聽起來好像都來自遠方一樣，如夢似幻。抬頭仰望的屋頂上，可以看到宛如從高處降下的雲朵。太陽的餘暉灑在雲上，平坦的雲朵閃耀出金色光芒。當時身穿著無袖白色連身裙的愛美子，正跳躍著想摘下紅色果實。

她不知道「跺腳」的意思。不過看到哥哥開心地笑著，那天一直到回家為止她都不斷持續小跳步。自己也覺得奇怪，怎麼就是無法往前進呢？總是走在自己兩、三步前的哥哥，那天一直磨磨蹭蹭慢吞吞地跟在小跳步的妹妹身後。

當時哥哥會笑。現在想想，那已經遙遠得好比奇蹟。畢竟變成不良少年之後的哥哥，別說看到他的笑臉了，兩人連見面的次數都很少。

哥哥變壞的過程很突然。好像只有變壞前跟變壞後，愛美子怎麼也想不起這中間的狀態。不只哥哥，在同一個時期母親也變了。就像哥哥突然變壞一樣，母親也突然對一切失去興趣。

2

從愛美子收到無線電對講機那天開始算起，大約過了三個月後的十二月，當時母親抱著已經很大的肚子在教書法。學生們都很想摸她的肚子，母親每次都笑著讓大家摸。愛美子曾經躲在紙門後，看著手放上肚子的小範告訴周圍的其他學生：「剛剛動了！」偶爾在廚房時母親也會讓愛美子摸，不過讓愛美子摸的時候她總是很快就會說：「好了好了。」因為沒摸太長時間，愛美子無法用手掌心感受小寶寶動的感覺。只覺得是個硬硬的、溫暖的、圓圓的東西。

她試著用手指頭在肚子上搔癢癢，「小寶寶會覺得癢嗎？」母親聽了只是說「嗯……」臉上表情看不出是開心還是難過。

「愛美子要當姊姊了喔。」知道這個消息那一天她開心到大叫。要當姊姊了！等小寶寶來了之後要一起玩什麼？該準備什麼禮物給他？她從早到晚腦子裡只想著這件事。哥哥也跟她一樣。

哥哥經常說：「最好是男生。要是生了男孩子就可以一起玩丟接球了。」愛美子很怕球，沒辦法一起玩丟接球，但是她現在可是有無線電對講機這個最厲害的玩具。她要跟即將出生的弟弟一起用這個發著銀色光芒的無線電對講機玩間諜遊戲。一想到就覺得激動。

終於到了這個日子，她打算先來練習一下。本來想到屋外試試，不過今天從一早就開始下雨，外面冷得刺骨。只好在家裡面練習，她把兩台一組的無線電對講機的其中一台交給人在二樓房間的哥哥，要他下到一樓。哥哥並沒有對妹妹說今天只是預產日並不是小寶寶回家的日子，也沒說就算回家來也還得過很久之後才能用無線電對講機對話。「好，知道了。」哥哥接過無線電對講機，發出砰砰砰的腳步聲下了樓。在他變壞之前。

愛美子豎起耳朵，確認哥哥下樓之後按下無線電對講機的通話鍵。愛美子全身都拍著手歡迎食指碰觸到按鍵那種明快清楚的手感。她深深吸了一口氣，這是值得紀念的第一聲。

「請回答、請回答。」她呼叫在一樓待命的哥哥。

「……。」沒有回答。

「請回答。這邊是愛美子、這邊是愛美子。請回答。」對講機裡只傳來沙沙的雜音，沒聽到哥哥的聲音。「喂、喂～。喂～」

她很有耐心地等著，在嘰嘎的刺耳雜音中終於聽到些微彷彿說話聲的聲響。那究竟是透過無線電對講機接收到的聲音還是耳朵直接聽到的聲音？對愛美子來說都無所謂。總之她聽到了哥哥還有父親的聲音。跟母親一起去醫院的父親回來了。生了！愛美子瞬間從彎著腰的姿勢站直，粗聲喘著氣打開房門。「歡迎回家！小寶寶出生了啊。」

她開心衝下樓梯的同時，聽到玄關門「砰」地一聲關上了。只有哥哥還站在走廊上。

「爸呢？他在哪？」她興奮地問哥哥。

「回醫院了。」

「喔。那小寶寶呢？」她東張西望地看著周圍。

「……沒有了。」

「在哪裡？」

「哪裡都沒有了。」

哥哥低著頭走過愛美子身邊，靜靜地上樓關上自己房門。他右手還緊握著無線電對講機。

剩下自己一個人的走廊又硬又冷。明明在家裡，吐出的氣息卻是濃濃白霧。沙沙茲嘎茲嘎嗶嗶，只有愛美子手上熱鬧無比。

母親出院回家那天，下起了漫天鵝毛大雪。愛美子在家門外一會兒嘗試用手抓住飄落下來好像很重的雪片，一會兒又把冰柱放在舌頭上融掉，等待母親回家。因為等了太久時間，當母親搭著父親的車回來時，她本來想開口說「歡迎回家」，但只能發出上下門牙格格打顫的聲音。不過母親還是聽懂了。

「我回來了。」母親說著，牽起愛美子的手。愛美子嚇了一跳想把手抽回來，但是母親卻沒有鬆開女兒的右手。她從上下緊壓住，包覆著愛美子的手，小聲地說：「跟冰一樣。」

被母親撫摸是一種很奇怪的感覺。過去愛美子從來沒被母親緊抱在懷裡、貼著臉頰摩擦，或者被打、被拉扯。雖然不覺得討厭，但是突如其來的碰觸讓她覺得很奇怪，不禁看看自己被包覆的手，再看看母親蒼白的臉。這時她覺得母親好像變得有點小。除了突然扁塌、跟以前完全不一樣的肚子以外，還有下巴那顆痣也是。父親說：「快點進去，會感冒的。」三個人一起走向玄關。一直到開門進屋，母親都牽著愛美子的手。她抬起頭，想再看一次母親的臉，這時雪片剛好飄落在眼皮上。她搖搖頭，急忙眨著冰涼的左眼，聽到頭上「哎呀呀」的聲音。

見到的每一個人都會說，小寶寶的事真是令人難過。走在路上的哥哥跟愛美子會被許多人叫住，說著好可惜啊、要振作起來啊等等，說了好幾次一模一樣的話。每次愛美子都會說：「就是啊，真的好失望喔。」身邊的哥哥則是低聲回答：「嗯、對啊，好的。」

回到家後，愛美子為了剛從醫院回來不太能活動的母親表演了自己畫的紙話劇，還幫忙把果汁和點心送到房間，非常忙碌。她表演了讓橡皮筋在手指跟手指之間瞬間移動的戲法時，母親要她教教自己，於是她開始每天給母親特訓。這是她第一次能教母親什麼。母親學會了戲法後，把父親叫來表演了一次。父親說：「太厲害了。愛美子跟媽媽可以組成母女魔術師了呢。」給兩人送上熱烈的掌聲。於是母親向愛美子舉起一隻手，把自己的掌心朝向愛美子。她一時沒懂這是什麼意思，但想通了之後馬上也一樣舉起手。母親的掌心跟女兒的掌心相對，發出清亮的聲音。這是她有生以來第一次跟人擊掌。

把馬路染成骯髒咖啡色的雪已經融化得差不多時，母親開口邀她：「愛美子，我們去散步吧？」風還很冷，不過春天大概已經到了，陽光很暖和。她跟母親兩個人悠哉地走向一個愈走近綠色氣味愈濃烈的地方。來到河邊，愛美子專心採摘起艾草和筆頭菜。母親說，一下子就三點了呢，她把帶來的便當包袱攤開在墊子上。飯糰捏成愛美子最喜歡的圓柱形，卷上切得細細的海苔。小熱狗、炒金平牛蒡、義大利麵沙拉、章魚燒。用模型把紅蘿蔔切成花形時，愛美子也幫了忙。

吃著甜甜的草莓時，母親突然對愛美子道謝：「愛美子，謝謝你。」

「謝什麼？」

「愛美子很溫柔，孝太也很溫柔，還有爸爸也是，大家都很溫柔。」

「是嗎？」說著，愛美子一邊用手指把緊貼在舌頭表面的草莓蒂頭摘起拿出嘴巴。「很溫柔嗎？」

「大家都對我很溫柔，媽媽很開心。」

「喔。」母親原本就細長的眼睛瞇得更細，看著愛美子。愛美子伸手去拿第三顆草莓。「有很溫柔嗎？」

母親把橘色塑膠筷子重新拿好。

「這筷子是孝太送我的。他說我得用這個多吃些好吃的東西，快點好起來才行。可以用孝太送我的筷子，吃跟愛美子一起做的便當，媽媽真的很高興。」

最近母親提到自己的時候會自稱「媽媽」。從第一次見面那天開始，她原本都以「我」自稱。

「愛美子，回家後讓爸爸用剛剛摘的艾草炸天婦羅給我們吃吧？」

「嗯！」

「你也一起幫忙嗎？」

「嗯！」

「呵呵呵。」

空氣漸漸變冷，母親從包包裡拿出毛衣替愛美子穿上。她還想再玩一下，兩人說好可以玩到「找到四葉酢漿草為止」，一起坐在草地上拔雜草，一邊聊天。

「教室差不多也該重新開始了呢。」母親說。

「開始吧！」愛美子高高揚起拳頭回應道。

田中書法教室臨時停課了三個月。如果重新開始，就表示小範又能每週都到家裡來。當然去學校也能見得到面，不過上學後經常被老師們罵的愛美子，最近總是不去教室上課，可能躲在保健室裡睡覺或者在圖書室看漫畫，自己設法打發到放學為止的時間。而且再怎麼說，小範還是寫書法的時候最有魅力。真想再看一次他寫書法的樣子。「我可以看嗎？」她問母親。

她想起母親說「不可以」時的表情跟聲音。但是眼前的母親卻挺著胸這麼對她說。「喔？愛美子也想一起學書法嗎？就算我是你媽媽也不會特別放鬆標準，你可要有心理準備喔。」

她嚇了一跳。終於，自己也要成為母親的學生了。抬頭看看今天一整天都在笑的母親，寒冷的冬天裡看起來那麼小的痣，現在又回到原本黃豆差不多的大小，每當母親發出聲音笑，那顆痣就會在下巴下方一起搖動。

書法教室決定從新年度重新開班。

愛美子升上小學五年級。開學典禮那天，班會一結束她就跑到小範班上，告訴他書法教室重新開班的消息。

「喂！喂！書法教室今天重新開始喔～我在跟你說話啊～。」她拉高了嗓門從走廊上對他說。小範低著頭。

「怎麼又是田中？你也差不多一點，我們還在開班會呢。」小範他們班的老師從窗戶探出很兇的臉大罵，要愛美子安分一點。當時班上某個人大叫：「是愛美子！」

「啊！她剛剛給了一個飛吻，我看到了。」

「是吻耶。哇！又來了！她對小範飛吻！」

「小範，怎麼怎麼？愛美子是你女朋友嗎？」

小範用力搖著頭，大聲地不知道說了些什麼。

「你們知道嗎？愛美子喜歡的男生是小範喔。愛美子想跟小範結婚。」

「好了！安靜一點。」

「矮油~好、嗯、心、喔~」

「好了！」光頭被老師敲了一記，班上終於安靜下來。小範再次低下頭，門牙咬著嘴唇，用力到幾乎要咬破。愛美子聽從老師的話，直到班會結束前一直老實坐在走廊上等著。

她跟像平時一樣跟把帽簷壓低遮住臉走出教室的小範並肩走著，四處傳來尖銳的口哨聲，可是出校門走了一段路後，也漸漸聽不見那些聲音了。等到完全聽不見後，小範開了口。「今天不是我上書法課的日子。」

「說話了……」

「喂！」小範轉頭看她。只露出鼻頭跟嘴巴。

「嗯，我知道。我只是說書法教室從今天開始而已啊。不行嗎？」

「那你不用等我啊。」

「不是啦，我今天是想請你幫忙寫字。」

所以才一直等在外面。

「什麼意思？為什麼要我寫？莫名其妙。」

「要我告訴你為什麼嗎？」

「不用。」

「我告訴你吧？」

「不用。」話才剛說完，帽子戴得太低的小範直接正面撞上了電線桿。愛美子笑了，小範單手按著額頭轉過來。「老實告訴你，只是因為我媽拜託我，說孝太的妹妹是奇怪的孩子，叫我不要欺負你，如果發生什麼奇怪的事要幫忙注意，我才會跟你一起回家的。其實我超討厭的。有什麼好笑的啊？你笑什麼？老師的孩子不是沒了嗎？你還有心情笑？」

「小寶寶不是沒有了。有生下來啊。啊～真是有趣。」

「騙人。」

「生下來了，但是又死了。」

「這樣怎麼叫生下來了。」

第一次看到小範說這麼多話。只對著愛美子說話。她好高興、好開心，止不住的笑意。「喂，你幫我寫字吧。」她拉拉小範的袖子。馬上被他甩開。

「我不是說了，今天不是我練字的日子嗎？」

「不是練字啦。我把要寫的東西拿來了。你看。」

愛美子從手提包裡拿出木製立牌。這是她那天早上剛拔出來的，就像新鮮蔬菜一樣，棒子部分還沾著土。木牌表面什麼都沒寫，但是翻過來後上面寫著「不要採花！」小範拉高帽簷。終於看到他的圓眼睛了。

「這是橫田他們家的吧？拜託，你到底要幹嘛啦？這樣會被橫田家的人罵的。」

「你幫我寫上這是弟弟的墳墓。」

「你腦子有問題吧？」

「我弟弟死了啊，我要幫他蓋墳墓。」

「神經病，走開啦。」

這是為了慶祝書法教室重新開課，她送給母親的祝賀。前天晚上，哥哥走到正在看電視的愛美子身邊，給她看了自己做的奇怪木雕人偶。「我要把這個送給媽媽，你也送點什麼吧。」

「什麼」是什麼呢？她問哥哥，哥哥回答：「什麼都可以啊。媽媽因為小寶寶的事一直無精打采的，後天田中書法教室終於要重新開課了，我要送這個幫她慶祝。」聽到「小寶寶」，愛美子靈機一動。母親以前說過愛美子做的「金魚墳墓」和「角仙墳墓」很髒，這次一定要做一個不髒的、很漂亮的墳墓。

墳墓前的木牌就用之前在陌生路上看到的那個東西吧。她之後才知道，那條路就在小範住的房子前面。

「拜託啦，小範拜託啦。」上面的字無論如何都想請小範寫。她想不到比小範的字更漂亮的人。她低頭拜託了很久，可是對方遲遲不答應。

「不要。」

「拜託拜託拜託啦，這是我這輩子最大的心願。」

「你真的很煩耶。」

「這是要給媽媽的賀禮。」

「啊？賀禮？給田中老師的？」快步不斷往前走的小範腳步停了下來。

「對啊。前天晚上，叫我要準備賀禮給媽媽。」

「誰說的？」

「說什麼？」

「我問你是誰叫你送你媽媽墳墓的。是誰？你爸？」

「不是。」

「那是孝太？」

「嗯。」

小範靜靜地接過馬克筆。

他用很漂亮的字寫的「弟弟的墳墓」，愛美子看了好幾次都看不膩，帶回家後貼上很多動物貼紙，又變得更好看了。她陶醉地盯著看了好一會兒後到屋外，走向車庫裡擺著好幾盆種了青蔥的盆栽那個角落。青蔥旁邊有一個什麼也沒種的盆栽，金魚和獨角仙都睡在這裡面。地方雖然小，但也只有這裡了。

她走近正在廚房準備晚餐的母親身邊說：「你來一下，我有東西要給你看。」

「什麼啊？」母親笑著問。不管對誰都會用敬語或者標準語交談的母親，最近偶爾也會說一點方言。她的發音跟愛美子不太一樣有點奇怪，很好玩。

「來外面一下。」她拉著母親襯衫衣袖。

「外面？要去外面的話我得關一下火。」母親被愛美子拉著，踩著拖鞋啪噠啪噠來到走廊上。「對了愛美子，你今天沒來紅色房間呢。去哪裡了？」

「有點事。」

「我還以為你不想練字了。」

「沒有啊，明天會寫的。」

愛美子在今天重新開課的好幾天前，已經在沒有其他人的紅色房間裡第一次接受母親的書法指導。母親站在背後，用自己青筋畢露的手包覆住女兒握筆的小小右手。然後她拉起那隻手，沾滿了墨汁，一撇、頓筆、頓筆、放鬆……一邊說，一邊慢慢寫下一筆一畫。愛美子並不知道自己即將要寫下的文字是什麼。母親自由自在操控自己看不見的右手，擅自畫出了濕潤的黑色線條、點棒和斜線。與其說這些是文字的其中一個筆畫，更像是自動在眼前嵌入畫面的拼圖片。完成圖只有母親才知道。白色半紙的上半部先完成了「希」這張圖。這時候先放下筆，深呼吸。再次拿起筆，重複著細碎刻畫的動作終於完成的下半部圖是「望」。

回頭看看母親說著「希望」時的臉，她很驚訝兩人的距離竟然近到幾乎要碰觸到那顆痣。非常近。母親說，這是她很喜歡的詞，但愛美子根本無心想這些。

「要去哪裡？」

「這邊、這邊。」

太陽快要落下。鄰居家廚房傳來用平底鍋熱烈拌炒食材的聲音。

「這個這個。」愛美子停下腳步指著。

「什麼？」母親彎身，盯著女兒指的方向。

外面已經很昏暗，但是還沒有暗到看不見文字。母親將臉湊近白色盆栽中跟「金魚墳墓」、「角仙墳墓」並列埋在土裡的木牌。愛美子在躬身彎腰的母親身後噓噓地吹著口哨，等待母親的反應。但是什麼反應也沒有。母親就像被冷凍僵住了一樣，維持著彎身的姿勢，一動也不動。

「很漂亮吧。」愛美子試著問，但母親也不回頭。「我問你啊，很漂亮吧。」她本來以為母親會說好棒、真漂亮。「是我做的喔，雖然沒有放屍體進去。」

母親依然背向愛美子，當場蹲下放聲大哭。起初還以為她在咳嗽。因為她一直發出高音頻的咳咳聲。咳聲漸漸接近呻吟聲，後來立刻變成明確的哭聲。哭聲震天價響，哥哥從玄關衝過來。「怎麼了？媽怎麼了？愛美子？」

「不知道，突然哭起來了。」

「為什麼？啊！這什麼？」

「哪個？」

「……這是什麼？」

「那是墳墓啊。」

「這是小範寫的吧。」

「對啊。」

「我回來啦。」父親回來了。

哥哥抽起木牌衝到父親面前，很快地說著你看這個、這種惡作劇。父親只看了木牌一眼，就來到蹲著哭個不停的母親身邊，本來想扶她站起來，後來改成將手插入她兩邊腋下把她拖進家裡。隔壁的阿姨從廚房小窗探出頭來看著這裡。哥哥惡狠狠地看過去，她才用力關上窗。之後又維持不動繼續盯著小窗看了一陣子的哥哥，慢慢把身體轉向愛美子，小聲地問。
「你去拜託小範寫的嗎？」
「對。」
「是愛美子去拜託小範的？」
「對啊。」
「為什麼？」
「因為小範字很好看啊。」
「我不是問這個，我是問你為什麼想做墳墓。」
「因為弟弟死了啊。不是需要有墳墓嗎？這是給媽媽的賀禮。」
「你覺得媽收到這個會高興嗎？」
「她不高興嗎？」
「不是哭了嗎？」
「嗯。但是她真的是突然就哭起來了。我什麼都沒有做啊。」

「愛美子。」

「什麼？」

「愛美子。」

「幹嘛？」

太陽已經完全落下。哥哥的表情就像強忍著肚子痛，嘴巴張了一半又閉起來，最後他什麼也沒再多說，轉過身去。

幾個小時後，小範被他父母親帶著來到田中家。為了聽清楚父親在玄關跟他們的對話，愛美子關掉電視豎起耳朵。在父親「哪裡，我才不好意思」，還有「不過是小孩子的惡作劇」等高亢聲音中，可以聽到小範啜泣的聲音。小範一家按下玄關門鈴進來到離開為止，哭聲都沒有停過。

隔天，她被紅著眼睛的小範踢了肚子。

「都是你害我被罵。」小範說。愛美子沒有被任何人罵。從那天起，母親開始無精打采。

哥哥突然變壞，也剛好是在這個時期。

有一天從外面回來時，發現家裡很臭。那不是墨汁不是報紙也不是飯菜，是一種新的味道。味道帶來的異樣感讓她覺得這裡似乎不是自己家。為了找出異味的來源，愛美子問母親：「這是什麼味道？」

母親專心攪拌著鍋裡的味噌湯，沒有回答愛美子的問題。晚上她也問了父親一樣的問題，父親告訴她。

「應該是孝太在抽菸吧。」

「啊！」愛美子衝上樓，用力推開哥哥的房門。

她雙手揪著盤腿坐在東西散亂房間裡翻看雜誌的哥哥T恤領口。「你抽菸喔？是不是？你抽菸喔？」

「煩死了。」哥哥一把推開愛美子。

「你抽菸對不對。爸說了，你抽菸了。有味道。」她爬起來，再次湊到哥哥面前。這次她被推到房間外，後腦勺撞在木牆上。一陣劇痛，她大叫：

「好痛！」

「煩死了你！去死啦！」哥哥對她怒吼，在蹲在走廊上的妹妹眼前大聲關上門。

「不會吧！完蛋了！你變壞了。」愛美子雙手抱著撞到的後腦勺，呼叫樓下的父親。「爸！爸你快過來。」

父親沒有回答。她本來想叫父親來罵哥哥，但是沒有如願。對於十二歲開始抽菸的兒子，父親只提醒他要小心用火。

哥哥加入了當地的暴走族。他只顧著跟朋友混，不再跟愛美子說話，也幾乎不回家，偶爾回來只是為了跟母親要錢。他大步闖進紅色房間，對正在指導學生的母親說：「錢。」母親如果搖頭，他就會搶走剛收集的學費袋。有一天躲在紙門後面剛好看到這一幕的愛美子，忍不住叫出聲來：「不行！」哥哥搶過的學費袋是小範才剛交給母親的。小範是母親提不起精神導致學生人數銳減的田中書法教室現在少數還來上課的學生之一。小範來的日子，愛美子會去偷看紅色房間。雖然自己也成了母親的學生，但是她還是一樣喜歡偷看。自從「希望」以來，愛美子就沒有再握過毛筆。

「這個不行，你拿其他的！」端坐的小範嘴巴開開，抬頭看著突然衝出來撲向哥哥想守住學費袋的愛美子。哥哥眼中彷彿沒看到妹妹。其實愛美子眼裡也沒看到哥哥。她用力捶著哥哥的肚子，但眼睛一直注意著小範。小範右手還握著筆。她實在很好奇，那張放在桌上的半紙上寫了多麼好看的字。當然她就算想制止也一點力氣都使不上，最後對哥哥一點傷害都沒造成，他就這樣離開了。

「唉……」她看了一眼小範，這時他已經開始收東西準備回家。

這次之後再也沒有人來學書法，不過早在這之前，愛美子就聽過好幾次學生們你一言我一語地說著「田中老師又睡著了」、「田中老師一點精神都沒有耶」。

因為書法教室關閉，也少了跟小範見面的機會，就這樣迎來小學畢業的日子。愛美子上的小學幾乎所有學生都會升上當地的公立國中。上了國中後過了兩個多月，她才驚訝地發現小範跟自己在同一個班上。

3

上不上學全看當天的心情。到了這個時期，母親已經幾乎不說話，所以也不會告訴她「去上學」或「去念書」。父親在愛美子起床前就出門上班，晚上很晚才回家。偶爾會看到在餐桌前看報紙的父親，這時候她會跑到父親身邊，邀他一起玩黑白棋、玩撲克牌，但父親從來不曾答應她的邀約。

「去找孝太玩。」他每次都這樣回答，視線沒有離開報紙，但是愛美子不知道哥哥現在到底在哪裡、在做什麼。

她應該跟哥哥上同一所國中。愛美子國一時，大她兩歲的哥哥上國三，照理來說在學校裡打照面也不奇怪，但哥哥並沒有出現。可是大家都知道哥哥。

入學典禮那天後過了不久。愛美子被一個不認識的女生叫到廁所去，被踢了小腿。「這聲音挺好聽的。」說著，三、四個女生開始輪流踢她，就在這時另一個女生猛地打開廁所門進來，說道。

「停！她是田中學長的妹妹。」

這一句話讓包圍著愛美子的女生們停下了腳的動作。她們沒再繼續踢，急忙換上溫柔的聲音。「抱歉啊，不是啦。」「我不知道啊。」「你們長得一點也不像啊。」「很痛嗎？應該不痛吧？應該沒有很痛吧？」嗯，她點點頭，「不要跟田中學長說喔。」說著，所有人對她輕輕揮著手一起跑開。

在那之後，她經常會聽到「田中學長」這個人物的名字。從小學用到現在的一休和尚墊板，被同班同學嘲笑時，她對大家說明這是哥哥給的，一休和尚的鼻毛也是哥哥畫的，對方就頓時安靜了下來，盯著墊板說：「田中學長的塗鴉畫得真好呢。」

——是田中學長的那個

——注意一點

——田中學長會生氣

——是愛美子吧

——欺負她會被田中學長揍的

她心想，假如大家口中那個不知道是誰的「田中學長」就是哥哥，那大家好像比自己這個妹妹更認識哥哥。「田中學長」這個單詞也出現在小範的口中。幾個男女圍成一圈，「我以前跟田中學長上書法……」他話說到一半停了下來。圍在他身邊的其中一個人很快地說了一句：「愛美子在看這裡。」聲音傳進了愛美子耳裡。小範周圍總是圍著很多人。雖然是同班同學，但愛美子沒有跟小範兩個人單獨交談的機會。話只說到「跟田中學長上書法」的小範，是不是想在大家面前說起他在紅色房間的回憶呢？如果是這樣，那愛美子也想加入他們之中。

每星期接受母親指導的小範，上國中之後字依然是那麼好看。教室後面的公布欄貼出全班書法作品時，她問：「小範的是哪一張？」不過小範什麼也不回答，她抓住一個剛好經過的男生問。男孩很快看了一遍貼出來的作品，用手指彈了彈其中一張。發出「砰」聲的那張白紙上寫著「夏至」。

「好厲害啊～」愛美子出聲讚嘆，指出作品的男孩說：「厲害什麼？哪裡厲害？」

「很厲害啊。」

「喔。我也看不懂。」

「很漂亮啊。」

「也是，你的字那麼醜。」

當時愛美子的作品並沒有被貼出來。可能跟平時一樣，沒去上課吧。男孩又指著另外一張。「對了，順便跟你說這張是我的。」

好醜。她看了一眼，視線又回到小範的字上。

一天早上，在二樓房間裡睡覺的愛美子，聽到風吹動玻璃窗的聲音睜開了眼睛。遮住發出咚咚咚、沙沙沙聲音玻璃窗的窗簾，是白色跟水藍色相間的直條紋，幾乎沒有遮擋強烈夏日陽光的效果。太過刺眼的光線讓她瞇起了眼睛，拿起不會響的鬧鐘，快要十點了。在床墊上伸個懶腰，撇掉被汗粘在臉上的頭髮，換衣服出門準備去學校。

隔天早上也跟前一天一樣被風聲叫醒。第一堂課早就已經開始，她穿著滿是皺摺的制服，跟昨天一樣沒洗臉就離開家門。再隔天，叫醒愛美子的一樣是風聲。不知為什麼隔天也是。聲音每天都會響。不只早上，白天、傍晚，即使沒有風吹也會有聲響。打開薄窗簾，從窗口探出頭去看看狹窄的陽台。陽台上只有幾個空盆栽被聚集在角落，其他什麼東西都沒有。她衝下樓梯跑進廚房。廚房裡，母親正趴在餐桌上睡覺。她好像已經不像以前那樣習慣把長髮綁成一束馬尾。她對著那從髮旋不斷溢出般往四面八方擴散的黑色頭髮報告：「我聽到奇怪的聲音。」

母親沒有抬頭。可能沒有聽見愛美子的聲音，好像只專心在睡覺這件事上。「我說明明沒有人，可是卻聽到奇怪的聲音耶。」

一樣沒有任何反應，這天她放棄了。

過了幾天，她找到很晚回家的父親，更詳細地跟他報告：「我二樓睡覺的榻榻米房間陽台有奇怪的聲音。」

「是嗎？」

「嗯，之前電視上有播過，說不定是什麼鬼怪。」

「這樣啊，那還真可怕呢。」

「嗯，有一個被鬼怪附身的男人說的。」

「好可怕好可怕。」

咚咚、咕嚕、沙沙沙沙沙、波咘波咘。不明來源的莫名聲音，後來除了從陽台傳來之外，只要仔細聽，好像任何地方都聽得到。即使用兩根食指塞住耳朵也會聽到。到學校去上課的時候也聽得到。「你也聽到了吧？」她問同班的女生：「噓！你聽！有沒有？就是這個聲音。」

女生皺起眉毛，說著：「你好奇怪。」沒有人願意跟愛美子一起靜下來聽。她心想，只有自己聽得見這個聲音。跟電視上看到的靈異特集一樣。只有看得見的人才看得見，只有聽得見的人才聽得見。其他人並沒有發現鬼魂的存在。她很希望這些聲音可以快點消失，但是總覺得愈這麼想聲音就愈大。

不知道是一年級還是二年級時，某一天，她走在學校走廊上，看到小範正從自己的對面走過來。當時她心想，好久沒見到小範了，那這樣看來應該是二年級的時候吧。他頭髮長了個子也長高，變得很帥。她走近打招呼。

「小範、小範。」

小範避開了愛美子。「我跟你說喔，陽台上啊……」話還沒說完，她抓住才剛剛避開自己的小範制服袖子的手，立刻被甩開。小範身邊的女生說：「真噁心。」男生拍著手起鬨：「快逃快逃，小範快逃啊。」小範也確實跑著逃走了。「快逃啊，愛美子要追來了。」

但是愛美子沒有去追小範。她只是在一片爆笑聲中，呆呆看著以極快速度跑走的小範背影。

秋天晚上，她用毛毯蒙著頭走下樓，打開父母親寢室的門。太吵了，實在睡不著。愛美子房間外側陽台傳出的怪聲聲響最大。在學校時模模糊糊些微的響聲，來到陽台附近就會直接灌入耳中。她用力閉上眼，接著輪到頭開始痛。邊吃點心邊看漫畫，看電視，睡午覺，中間穿插自己發明的體操，這是不去學校的日子她固定的作息，但是愛美子的體力因為連日來的睡眠不足消耗殆盡，連做這些事都覺得痛苦。坐在她隔壁的男生問：「你有洗澡嗎？」被這麼一問她才想起來很久沒有洗澡。久到什麼時候開始沒洗的都不記得了。「說真的，你很臭耶。」從會聽到聲音開始，不只體力衰退，連進行吃飯、洗澡這些日常活動的力氣都提不起來。掌握時間也很困難，經常遲到或缺課。有好幾次頂著一頭蓬亂的頭髮好不容易到校，卻發現剛好是放學時間。但是她卻沒有被罵。小時候明明經常被罵的。

父母親的寢室一片黑，很安靜。愛美子靜靜站在最靠近門的地方，然後躺下來。

等到睜開眼睛，已經回到二樓的房間。

被毛毯包起的左肩上，還留著被用力拍打的感觸。這是幾個小時前，被父親叫醒時的感觸。意識朦朧當中被硬是叫醒、走動，一階一階踏著樓梯往上爬。右腳、左腳、右、左、好，右腳。耳邊響起父親的聲音。為了避免半睡半醒的愛美子踩空樓梯，父親支撐著女兒的身體陪在身邊，然後在女兒倒進二樓和室後關上了紙門。

第二次踏進父母親寢室時，為了怕又被叫起來，她事先表明：「我今天要在這裡睡。」

四疊半榻榻米的寢室裡鋪了兩套棉被，母親把棉被拉到頭上，好像已經睡著了。剛洗完澡的父親盤腿坐在棉被上，正用手上的毛巾擦著頭。「為什麼？」父親問她原因，愛美子回答：「上次不是說過嗎？有鬼怪啊。」

「去孝太房間吧，那裡比較大。」

「那間房間很臭我不要。」

如果要借漫畫時她會閉著氣進入哥哥房間，完事後馬上出來。不管什麼時候進出哥哥都不在，代替菸灰缸的鳳梨罐頭發出一股又甜又苦，複雜的惡臭。

「鬼魂只是你的錯覺吧？電視看太多了。」父親說。

「不是錯覺。」愛美子堅定地反駁，說出一直放在心裡的想像：「可能是弟弟的鬼魂。」

父親擦頭的手停了下來。

愛美子繼續說。「弟弟不是死了嗎？」父親站起來。「弟弟應該還沒有升天吧。」父親看了一眼蓋著棉被睡覺的母親。「爸？」然後他走近愛美子，伸出右手，什麼也沒說地用右手掌心推了愛美子一把。先是用力推在左邊鎖骨附近，然後又在同一個地方推了一下，她的身體已經被推到父母親寢室外面。

「我快受不了了。」坐在隔壁的男孩說。自習時間的教室裡很吵鬧。雖然聽不太清楚，但似乎不是自言自語，是對著愛美子說的。「拜託你洗澡吧。」

喔。愛美子回答了，但對方不知道是哪裡不滿意，很用力地踢了愛美子的椅腳。椅子連同坐在上面的愛美子「哐」地一聲大幅傾斜。「哇，也太輕了吧。」

「你很輕耶，有吃飯嗎？」她聽了這個問題搖搖頭。「要吃啊，瘦成這樣乾巴巴的很噁心耶。」

噁心。這是她國中時代最常聽到的字眼。比「早安」還常聽到。

「知道嗎，你哥已經畢業了，這你知道嗎？」

愛美子的哥哥畢業了。確實直到別人說之前她都沒有發現，但比起這個她更不懂的是為什麼會突然提起哥哥。

「笨蛋！你振作一點吧？你要知道，直到去年為止大家都是因為害怕你哥才不敢對你怎麼樣，要是你哥不在，別人隨便動動小手指頭你就完了。要不然就不來學校、來了又這麼臭。真的有一天會被修理的。你也不想這樣吧？」

「喔。」

「喔什麼啦。我說你可能會被殺掉耶。你不想這樣吧。」

「對啊，不想。」

「好。那你至少記得洗澡，然後多吃一點東西長胖一點。」

「嗯。」

「還有你為什麼打赤腳？沒有室內鞋嗎？連襪子也沒穿。」

他視線看向愛美子腳邊。今天早上相隔多日來到學校，本來應該放在鞋櫃裡的室內鞋卻不見了。她本來就沒穿襪子，整個早上都打著赤腳。

「沒有室內鞋，襪子在家裡。」

「喔。你這樣要是腳被踩到就知道了，真的超痛的。你一定會哭出來。不然我踩看看？嘿！騙你的啦。萬一踩到圖釘怎麼辦？那來做個實驗吧。現在就在這邊試試看。騙你的啦。哈哈哈，笨蛋。不過這樣真好，就像自由的象徵。不過其實應該是霸凌的象徵吧。」

男孩看著愛美子牛蒡般的腳喋喋不休地說著。這個人嘰哩呱啦的真的很愛講話。於是愛美子也被他感染，想說說已經很久沒跟別人說起的事。

「陽台上有鬼。」

「啊？」

男孩抬起頭，視線從愛美子的腳移到她臉上。

「很久以前就有了。明明沒人，可是卻有奇怪的聲音。」

「什麼樣的聲音？」

「真的很討厭，吵死了。」

「所以是什麼聲音啊？」

「就是，咚咚、啪沙、咕嚕嚕、庫庫、啪沙沙、波波、波咘波咘波咘波咘波咘波咘。」

「吵死了不要再念了。不過我現在才發現，你的講義是怎麼回事？這什麼漢字啊？」話才說到一半，男孩突然拿起愛美子課桌上一張講義。「這個『我』這個字，已經是漢字，後面就不用加平假名了，不然念起來不就重複了嗎？『朝』這個字左邊你寫成車。真嚇人，你字也太醜了吧。」這裡不對那裡也不對，他用手指彈著講義一一指出問題。交抱著雙臂深深吐出一口氣，沉吟了半晌。「你腦子得再好一點才行。」

「喔。」

「你從小學開始就完全沒念書了吧?要是一天到晚翹課,以後沒有一間高中能考上的。」

「嗯。」

「字這麼醜也太奇怪了,你媽媽不是書法老師嗎?不過應該沒什麼關係吧,你又沒學書法。進教室就會被罵對吧?聽說你只是從後面偷看就會被你媽瞪。」

「對。」真仔細。這男孩很清楚。

「其實我也有責任啦。我現在才敢說,其實之前我跟朋友比賽,看誰先發現你。先叫『愛美子』的人贏,可以拿到一百圓。不只在書法教室,在學校也是,任何地方都一樣。」

「喔,這樣啊。」

「可能叫太過頭了吧。」

「你有來學書法喔?」

「你不知道嗎？所以我的字才這麼好看啊。」說著，男孩拿出自己的講義。上面的字又大又難看。「所以你說的陽台，是你家那個曬柿子還有衣服的陽台，還是對面那個比較小的陽台？」

突然被問到陽台，看著講義的愛美子抬起頭來。「什麼？」

「鬼啊，你不是說有鬼嗎？」

「什麼？」

「拜託，你剛剛自己說的啊，說陽台有鬼。」

「啊，對對對。明明沒有人喔，但是陽台那邊卻有奇怪的聲音。啪沙啪沙啪沙、哐！」

「這你說過了。那應該是鬧鬼吧？」

「對吧？該怎麼辦？」

「我哪知道。」

下課的鈴聲響了。她帶著裡面什麼也沒有的包包離開教室。赤腳的腳底緊貼著冰涼的走廊，覺得好舒服。愛美子每踏一步就會發出啪噠批噠的聲響。配合著這個節奏，她腦中開始出現以前聽過的旋律跟歌詞。十分鐘的下課時間後還有課，但是她覺得肚子餓了，決定回家。已經很久沒有肚子餓的感覺了。

那天晚上她唱了歌。白天在學校走廊時充斥在腦中的那首歌。她發現大聲唱歌時就聽不到鬼的聲音。唱歌時被父親警告：「唱小聲一點，媽媽已經睡了。」她聽話降低了音量。她像細語般唱著歌，遠方傳來機車的引擎聲。那是好幾輛機車成群在夜晚街上暴走的聲音。她又壓低了聲音，一邊哼著歌一邊豎起耳朵。果然沒錯。其中有一輛特別厲害。那輛車衝在最前面，發出有力轟聲帶領著後面機車。其他人都拚命跟著，不想認輸。愛美子也跟著一起。細語低喃般的歌聲漸漸變大，每當被牽引、每當那些聲音接近，她就會愈來愈大聲，就在她放聲大吼大叫，感覺頭頂快要炸裂時，父親怒吼一聲「愛美子！」棉被從頭蓋下。

從那天之後，她不再那麼在意奇怪的聲音。並不是完全聽不見。走進陽台旁邊還是可以聽得很清楚，但是到遠一點的地方就聽不見了。如果是以前，不管在哪裡都會聽見。搭配走路的節奏，咕嚕咕嚕、啪沙沙的聲音也會一起出現。但是這些聲音沒了。她覺得唱歌的效果真是厲害，歌聲可以封閉掉聲音闖進來的空隙。她提醒自己隨時唱歌，不管是在外面、上課時或在家裡，隨時隨地都要唱歌。即使感冒聲音嘶啞，她照樣唱。祭典那天跟著太鼓的聲音、星期六晚上跟機車爆音一起共鳴。唱歌後會肚子餓，吃完點心吃吐司白色部分，之後剝起香蕉皮。在浴室裡清亮迴響的歌聲讓她覺得很舒服，一天會洗好幾次澡。

升上新學年時，愛美子變胖也變乾淨了。

4

這邊是愛美子

星期天下午，班導來到田中家。通常會在學校教室裡進行的三方面談，在她家的廚房裡舉行，原因是父親因為工作的關係平日不能請假。應考準備、畢業後方向、模擬考結果，沒有一項出現在話題中。導師沒喝茶也沒吃甜饅頭，擔心著母親的身體狀況。「身體還好嗎？」

「有時好有時壞，不太一定。」父親回答。

「我媽一整天都在睡覺。」愛美子嚼著甜饅頭在一旁補充：「一點精神都沒有。」

「住院後回來會好一點，但畢竟是精神上的問題，有時候會因為環境更加惡化。」

「等一下等一下，你說誰住院？不是媽吧？」

「這樣啊，那真是……。」

父親和導師都沒看愛美子。對話在她頭上來往。「那真是太辛苦了。」導師壓低了聲音說出這句話後，結束了這場對話。在玄關目送導師離開後，她又問了父親一樣的問題。

「剛剛你說住院的是誰啊？」

「媽媽。」父親背向著她回答。

這時候她才第一次知道母親住院的事。「現在也是嗎？現在也在住院？」

「現在在家裡。」父親壓低了聲音。

「喔，是嗎？」愛美子望向母親應該在睡覺的那個方向。那是佛堂旁邊的紅色房間。父母親不知何時開始分房睡覺，紅色房間成了母親專用的房間。為了怕吵醒母親，父親不僅不讓愛美子進入紅色房間，也禁止她進到隔壁的佛堂。也是因為這樣，三方面談才會在廚房進行。「現在在吧。」

父親告訴過她，母親一直睡覺是因為心生病了。知道這件事時，她很驚訝世界上竟然有這種病。上了年紀的大人，而且還是自己的母親，不做飯不打掃，一整天都無精打采地關在房間裡不見人。沒有骨折也沒有動手術，只是因為心生病了。單純因為這個原因就可以占領房間，甚至住院嗎？父親怎麼也不稍微罵罵母親呢？就像有一天晚上推了愛美子一把那樣，他也可以推著母親的身體，一直推一直推一直推，把她推到廚房那邊的話，說不定母親又會打起精神來吧。

已經好幾年沒吃過母親親手做的飯菜了。

「你們喜歡吃什麼東西？」

第一次見面那天，母親問了年幼的兄妹這個問題。哥哥回答「肉。」愛美子回答：「我也是。」母親一邊說、一邊在筆記本裡寫下：「孝太愛吃肉，愛美子也愛吃肉……。」記錄著兩兄妹的喜好。裝在天花板上的電風扇慢慢轉動脖子，母親放在白桌子上的筆記本偶爾會被微弱的風吹起，啪拉啪拉地翻頁。

哥哥和愛美子並肩坐著，對面坐著父親跟母親。身穿純白無袖連身裙的愛美子面前放著裝了美式鬆餅和奶油的盤子，短袖襯衫釦子一直扣到最上面的哥哥面前放著一大碗牛丼。章魚燒、牛排、紅豆甜湯，母親在品項豐富的老咖啡館裡點了三明治，不過幾乎沒動。「小百合她做菜很好吃喔。」坐在母親身邊的父親正用湯匙把牛肉燴飯的醬跟白飯攪在一起。

「我也喜歡鬆餅。」聽到愛美子這麼說，母親說：「這樣啊。」甜甜地笑了起來。她又說了一次：「也喜歡鬆餅！」

母親細細的眼睛突然睜大。她再次拿起放在桌上的筆記本，一字一字清楚地說出「愛美子也喜歡鬆─餅。」寫在筆記本上。

「爸爸，可以點冰淇淋嗎？」吃完牛丼的哥哥說。父親點點頭，坐在靠走道的母親轉頭對走在斜後方的女服務生說。

「不好意思。」

這時她第一次看到母親的側臉，發現母親下巴左下方有一個黑色圓鼓鼓的痣。愛美子的眼睛再也無法離開那裡。

小腿肚突然一陣痛，她叫了出聲「好痛！」抬頭看著坐在旁邊的哥哥：「你踢我！」但是哥哥並沒有看她，繼續用湯匙把香草冰淇淋送進嘴巴。

離開老咖啡館後，父親跟母親好像分別有事，於是她跟哥哥兩個人一起走路回去。

「是黑痣鬼耶。」說了之後哥哥很兇地看著她。

「絕對不可以在那個人面前這樣說，在爸面前也不行。」

「不是那個人，是媽媽啊。」

「絕對不可以說，也不可以一直盯著那個人的痣看。」

「不是那個人，是媽媽啊。」

「對啦對啦，總之你要記住。」

「好像快掉下來的樣子耶。」

「不會掉。」

「會掉啦。」

「不會掉。痣不會掉下來。」

「會掉，上次就掉了啊。」

「啊？」

「去公園的路上就掉了很多啊。」

「那不是痣，是垃圾或豆子吧。」

「不對，是痣。」

「才不是。好了，你再說我就揍你。」

哥哥大聲罵她，還作勢要動手，可是愛美子並沒有停下。是真的！我去撿給你看！說著她正要轉身，雙肩被按住制止了。

哥哥從正面盯著愛美子的臉，手還放在她肩上，慢慢說道。

「愛美子，那個人會變成我們的新媽媽。」
「對啊，是媽媽啊。」
「所謂親子，就是小孩子看到父母親的時候呢，我想一下喔，舉個例子好了，你想蝌蚪看到青蛙的時候，會覺得為什麼自己的爸媽是綠色的、還一直呱呱叫個不停嗎？」
「你在說誰？」
愛美子聽不懂這個比喻，哥哥換了個方法。他朝向愛美子做出鞠躬的姿勢，擺出讓她能清楚看到自己頭部的角度：「你看我的禿頭。」
哥哥用手指撥開自己的短髮，露出裡面白色那塊圓形禿。愛美子嗯地點了點頭，表示看到了。直起身的哥哥問她。
「愛美子看了覺得我是什麼？是哥哥？還是禿頭？」
「是哥哥。」愛美子回答。
「對啊，那愛美子看到的爸爸呢？是爸爸還是眼鏡？」

「是爸爸。」愛美子回答。

「沒錯。」哥哥點點頭：「所以剛剛見到的那個人是誰？是媽媽還是痣？」

「是媽媽。」

「對了，就是這樣。」

哥哥挺起胸點了好幾次頭，但是面對馬上又指向高處說：「啊，跟那個一樣大！」的妹妹，深深嘆了一口氣。

「你真的聽懂了嗎？」

愛美子手指的前方有紅色果實在搖晃。一棵種在別人家庭院裡的胡頹子結了很多果實，伸展的枝葉已經爬到隔壁人家的圍牆上。

嘿！愛美子伸出右手一跳。連邊都沒碰到。攤開掌心給哥哥看：「失敗了。」

嘿！跳得很高嘿！嘿！跳！怎樣！看我的！嘿！

「怎樣！」哥哥不知怎麼也開始一起拔胡頹子。「嘿！」

「不對不對。跳起來再摘就來不及了。要像這樣，在跳的時候，」哥哥跳得很高。「就先伸手。」落地後，他在愛美子眼前慢慢張開緊握的右手，給她看自己的掌心：「看吧。」

比起由下往上仰望，在近處看要大得更多的胡頹子果實就在眼前。

「我也要！嘿！」

「不對不對，跳的時候就要同時抓。像這樣。」哥哥高高伸出的手裡發出細樹枝被掰斷的聲音。落地後：「你看。」

她學著哥哥的樣子挑戰了好幾次，還是不行。嘿！嘿！一直努力到太陽西下，還是碰不到。附近的景色從橘色變成清澈的深藍色時，胡頹子的果實也從紅色變成黑色。哥哥在還是空空如也的愛美子掌心裡，放上自己採到的果實：「吃吧，很甜。」

放進嘴裡，味道很酸。「好酸好酸好酸。」她一邊說一邊蹦個不停。蹦跳漸漸變成小跳步，身後的哥哥笑著說：「愛美子你這只是在跺腳吧。」

父親在老咖啡館裡說得沒錯，母親煮的菜很好吃。比起平常的飯菜，愛美子更愛吃點心，可是母親不再下廚的現在，她開始想念炊飯和炒金平牛蒡的味道。姑且不管不回家的哥哥，父親一定也很想吃母親親手煮的菜。

「我們去叫媽媽做飯吧？」

三方面談結束的那天晚上，她試著尋求父親的同意。白天跟班導交談的昏暗餐桌上，父親正在吃烏龍麵，愛美子吃著烏龍麵跟麵包。聽到愛美子的建議，父親沒贊成也沒有反對，他沒停下筷子，提起一個完全不同的話題。

「搬家吧。」

「啊？」

母親下廚的事瞬間被拋到腦後。進入腦中的「搬家」這兩個字的聲響讓她好混亂。之前從來沒提過這個話題，突然聽到也沒有頭緒，而且她也不知道為什麼要搬家。父親沒有詳細說明，拿著碗喝起烏龍麵湯。愛美子看著父親，大口咬下一塊吐司白色的地方。她咀嚼著吐司，看向父親，咀嚼著吐司，看向父親，把嘴巴裡糊成一團的吐司吞下後，終於想到答案了。

「我知道了！你要離婚對吧！」

父親：「啊？」一定是要離婚。

之後又過了幾天，父親交給愛美子兩個箱子，父親叫她把要的東西跟不要的東西分開，做好搬家準備。要的東西放在粉紅色置物格裡，不要的東西丟進瓦楞紙箱裡。明明是很簡單的工作，但是愈來愈亂的房間讓父親實在看不下去，放假時他也一起來幫忙分類。

「兩個小時要弄完。」父親這麼宣告，把所有東西都丟進瓦楞紙箱裡。每次愛美子都得衝到箱子旁往裡面看，伸手往箱子底部掏，拯救出躺在底部的破銅爛鐵，一直沒有進度。「這個還能用。」父親罕見地把東西丟進粉紅色置物格裡。愛美子抓起那個匡噹一聲被丟進去的東西，看了看，是綠色的即可拍相機。

「這個不要了啊。」

「還有底片啊，還能用。」

「不要。」說著，她把相機丟回父親身邊的瓦楞紙箱裡。於是父親把手伸進箱子裡，抓起來丟進粉紅色置物格。

「不要這麼浪費，不是只拍了一張嗎？還有二十三張啊。」

「我說不要了啊。」

愛美子朝著瓦楞紙箱用力丟出相機。相機沒有丟進箱子裡，打到旁邊發出很大的沉鈍聲響，滾落在榻榻米上。

暫時停下手的父親看了女兒一會兒，什麼都沒說，正對著她。他沒有再去拿相機，開始以一定的速度將眼前的垃圾和破銅爛鐵依序丟進箱子裡。

看到父親手上接下來即將放進瓦楞紙箱裡的東西時，愛美子整個身體衝過去，半搶似地用力奪過那個東西。

「這個還要！」本來是銀色，現在已經變成灰色的無線電對講機。她單手把對講機拚命緊抱在胸口，看著周圍。「還有一個呢，找一下另一個。」

無線電對講機是兩台一組。她再次撞開父親，一頭栽進深深的瓦楞紙箱裡，開始分類。她把手上抓到的東西一一往外拋，舊煙火包、小學用過的教科書等，一個接一個飛上半空再散落在榻榻米上。

「沒有、沒有啊。應該還有另一個啊。一定還有一個。我想說要跟弟弟一起玩間諜遊戲的。對，一定有兩個。不見了。啊！藏起來了嗎？爸藏起來了嗎？」

隨著「咚！」地一聲，膝頭感受到一陣震動。父親緊握的拳頭落在榻榻米上，巨大的衝擊讓愛美子的手跟嘴都動彈不得。父親長長呼出一口氣後站起來，清楚地說。

「不是弟弟。」

抬頭看到父親的臉的那個瞬間，她心想，糟了。在家裡、在學校、在路邊，過去她不知看過多少這樣朝向自己的表情。父親現在在生氣。愛美子思考著話語的意義。為什麼生氣呢？他剛剛說，不是弟弟。得快點思考才行。父親已經跨出一步，他正要離開這個房間。

「是弟弟。」終於開口了。「一定是弟弟。他死掉的時候沒有升天。現在也是，爸，我也給你聽聽看吧。這個房間可以聽見鬼的聲音喔。」

她伸手抓住父親咖啡色毛衣下擺，一心想拉他到陽台旁邊。她用盡全身力氣，纖瘦的父親還是一動也不動。「過來這邊。你相信我啦。安靜。安靜一點、安靜一點。我沒有騙你，一定可以聽到。」曾經一直縈繞在耳邊的惱人聲音，在這麼重要的時候卻聽不見了。是自己唱太多歌了嗎？現在只有父親的毛衣被不斷拉長，如果沒能馬上聽到就沒有意義了啊。

「拜託，你安靜聽。」她祈求般地大叫，父親終於轉過頭來。

他的表情已經不像剛剛那樣可怕，愛美子鬆了一口氣，同時也放鬆了手指的力量。鬆開手後毛衣好像被吸回去一樣，瞬間貼上父親的身體。她放下了心，頓時覺得鬼的事一點都不重要了。兩個人可以一起坐下，從頭開始收拾。

但是父親依然站著。他的表情中已經沒有了怒氣，聲音比平時更高了一些。「是妹妹，是女孩。」

「什麼？」愛美子反問：「女生？女生的鬼？」

「不是鬼。愛美子，我現在沒有在講鬼的事。」父親的聲音又更高了一些：「是人，一個女的小寶寶。」

「小寶寶？」

「你不懂吧。」

「你是說……？」

「愛美子是不會懂的。」

她花了很長的時間。起初以為父親在說鬼的事。但好像不是。不是的，他說的不是鬼，不是弟弟的鬼也不是妹妹的鬼，父親說的是那時候從母親肚子裡出來的小寶寶。那個小寶寶連光都沒看到就斷氣了，那不是愛美子的弟弟。

父親再次背向她，往前走。為什麼會以為是弟弟呢？原來是妹妹啊。沒有人告訴自己。還是他們說了，但自己忘了？

對了，之前好像做了墳墓。做了墳墓之後給母親看了。母親看了後哭了。

耳裡傳來父親靜靜下樓的腳步聲，之後什麼也聽不見。衣服、漫畫、點心空盒，幾乎沒打開過的教科書和漢字練習本，和室房間又回到開始整理前的狀態，角落滾落著一台無線電對講機。應該還有另外一台。本來想跟預計出生的小寶寶一起玩間諜遊戲。計畫終止後過了幾年了呢？

一、二、三，扳著手指數，眼前出現了一個五歲女孩的身影。這個從來沒見過的女孩、之後再也不會見面的女孩並沒有臉。她努力想要想起那張不存在的臉。發現自己企圖想起那張臉，愛美子有點心慌。

5

二月，打開保健室的門，暖爐的熱氣跟常見的女老師同時迎接著她。

「喔，愛美子，又來啦。」保健室的老師說話的方式分不太出到底是男是女：「愛美子這個音痴的歌我已經聽膩了啊。」

「老師麥克風借我。」愛美子伸出右手。

「把這裡當成你專用的卡拉ＯＫ了嗎？」嘴上雖然這樣說，還是把玩具麥克風遞了過來。接過來後她很快深吸了一口氣，開始唱歌。

「世界上才沒有鬼～鬼都是騙人的～」愛美子唱的歌總是這首。

「剛睡醒的人～看錯了而已～」就只有這一首。

「不過可是～不過可是～其實我也……。」這時她壓低了聲音。

「世界上才沒有鬼～鬼都是騙人的～」最後大爆發。

「鼓膜都要破了。」老師皺著鼻頭，雙手捂著耳朵。

學校裡還在上課。幾分鐘前愛美子也在自己班上考了數學。到收卷時間為止還有不少時間，她很快就放下鉛筆，因為沒事可做，單手杵著臉頰開始哼歌。國中畢業後她就搬了家。父親考慮到還在受義務教育的女兒，挑了個剛好告一段落的時機。決定搬家，就等於決定了畢業後的方向。沒有人要她好好念書。已經有很久不再被要求念書。在安靜教室裡哼歌聲音出乎意料地響亮，有人小聲地說，吵死了。

「田中，出去唱。」被站在講台上監考的老師這麼說，她站了起來。

只要保健室裡沒有其他身體不舒服的學生，再怎麼大聲唱歌都不會被罵。這裡藏著點心、果汁、漫畫、黑白棋，比待在教室裡更舒服。

唱完一首歌，她覺得還想再唱。重新握好麥克風打算再來一次，這時老師說：「等一下。」老師把一隻手掌心朝向愛美子面前阻止她，盯著門口的方向：「等一下。怎麼了？進來吧。」

老師對站在門外的人打了聲招呼，叫他進到裡面來。門跟牆壁的間隙中透出一張蒼白的臉。是一張她很熟悉的臉。

「小範。」

小範沒有看愛美子。老師招了手他還是站在門口前不動。「怎麼了？」他聲音嘶啞，但清楚地回答了老師的問題。

「早上起來就不太舒服，想在保健室休息一下，但還是算了。我回教室去。」

小範正要離開，被老師制止：「你臉色很難看呢。進來休息一下吧。愛美子，你可以安靜吧？」

聽到老師這麼問，愛美子用力點點頭說：「可以！小範來吧，你要喝果汁嗎？」

小範沒說話，臉色有點不高興地走進來。他慢慢坐在雙人座沙發上，兩隻手臂放在張開的大腿上，再把頭深埋在當中。

「看起來很難受的樣子呢。是不是念書念到睡眠不足了？」

他的頭稍微上下動了動，回應老師的問題。愛美子從房間角落的小冰箱中拿出蘋果汁，倒在洗完後倒放的馬克杯裡，放在小範面前，但他沒有反應。點心的話可能願意吃吧？她問老師有沒有甜的東西。老師翻了翻桌子抽屜：「我想你應該沒有食慾，不過如果肚子餓了可以吃這個。」遞出一個咖啡色盒子。「愛美子，不可以一個人獨占喔。」

她看過這個中間有個金色大大心形的盒子。

「啊，這個我知道。我吃過。」是什麼時候呢？感覺是很久以前的事了。「我也很愛吃這個。」

「嗯！旁邊的巧克力也很好吃，不過中間的餅乾好脆好好吃喔。」

「喔，是嗎？我不記得了。」

鈴聲響了。進入十分鐘的下課時間，走廊上開始傳來喧鬧聲，有去上廁所的、換教室的學生說話聲跟腳步聲。

老師要小範在躺在床上休息跟早退當中選一個，他選了早退。老師離開保健室，說要打電話跟小範家聯絡。保健室裡只剩下愛美子跟小範。愛美子沒坐下，她雙手在身後交叉站著，望向小範的髮旋附近。淡咖啡色的清爽髮質，跟第一次見面的那天一模一樣。小範坐在沙發上低著頭一動也不動，愛美子可以盡情從上面俯瞰他。已經好久沒有這麼近看他。去年兩個人不同班，不過今年又同班，已經不知道是第幾次了，剛剛兩人也在同一間教室裡考試。雖然說是同班同學，但是幾乎沒有兩個人單獨說過話，位子也相隔很遠，幾乎沒機會近距離接觸。再過不久就要畢業了，到時候就會離得比現在更遠。她決定等小範抬起頭就要告訴他搬家的事，靜靜等待那個時刻。

聽著暖爐發出來的轟轟熱氣，她沒發出聲音熱切呼喚小範轉向自己這裡。不斷傳送著視線時，發現小範黑色制服肩膀部分沾上了白色線頭。愛美子屏住氣將右手伸向他肩膀，用拇指和食指捏起線頭丟在地上。小範沒發現。

「你衣服上有線。」她輕聲地說，但對方沒有反應。「小範早安。」

依然沒有反應。因為沒事可做，她在沙發上坐下，跟小範面對面，伸手去拿桌上的點心盒。打開包裝，咬了一口咖啡色的心形。老師說得沒錯，被巧克力包住的餅乾又脆又好吃。她一邊嚼碎，一邊大聲說出感想讓小範聽到：「啊，好好吃。」伸手去拿第二片。

吃第二片時她只用舌頭舔著周圍的巧克力，細細品嚐味道。乾淨舔完心形巧克力外層後，露出裡面圓形的小麥色餅乾。她把餅乾放在桌上，伸手去拿第三片。第三片也一樣，單舔著巧克力。於是，就像霧漸漸散去一樣，她想起來了。她知道這個味道。以前吃過。是父親給的。十歲生日那天。

她站起來，搖搖小範的肩膀。

「小範，你起來。這是小範很喜歡的零食耶。你看，你快看啊。你不是很喜歡這個嗎？」她搖晃、拍打，大聲對他說。她很想讓不抬頭的小範想起來：「四年級的時候我放學時給你的那個啊。生日時收到的巧克力，記得嗎？你當時全部吃掉了的那個！」

但小範像一塊石頭一樣，完全不動。愛美子只好放棄，坐進沙發裡。鈴聲再次響起，牆壁另一頭短暫地因學生趴噠趴噠奔跑在走廊上的腳步聲熱鬧了半晌，然後安靜下來。愛美子拿起第四片餅乾，保健室裡響起窸窣的開封聲。正要送到嘴邊時，小範忽然以極快的速度抬起頭。唰！就像從水中抬頭換氣一樣的聲音。他充血的眼睛看著愛美子，愛美子也驚訝地回看他。

「那是餅乾吧。」小範說。

聲音嘶啞，聽起來很難受。小範看著愛美子手上那片巧克力餅乾，又看看放在桌上並排的兩片。剛剛被愛美子從心形巧克力餅乾變成圓形餅乾的那兩片。餅乾濕濕的。小範嘴裡發出顫抖的聲音。那個……他好像是這麼說的，但是愛美子聽不太清楚。又隔了一會兒，在小範張開嘴正要發出下一個聲音的那個瞬間，愛美子也大叫。

「我喜歡你！」

跟小範說出「我殺了你！」幾乎在同一時間。

「我喜歡你！」

「我殺了你！」小範又說了一次。

「我喜歡你！」

「我喜歡小範！」

「我殺了你！」完全沒用。沒有命中任何地方。只有愛美子的話具有破壞力。愛美子的話語擊中了小範，同樣地，只有愛美子的話語擊中愛美子。

每當她大叫「我喜歡你！」愛美子的心就會無情地碎裂。我喜歡你！喜歡你！喜歡你喜……小範怒睜著滾燙火紅的眼珠，朝愛美子的臉一拳揮來時，她正想著終於能喘一口氣。

跟嘴裡叼著紅黑色東西坐在玄關地板的女兒四目相對的那一瞬間，父親頓時臉色刷白。他拉起愛美子將她塞進剛停好的車裡，什麼也沒說發動了車子。途中愛美子問起：「我們要去哪裡？我想回家。」父親用陌生到難以聯想到是他的粗暴聲音怒吼著叫她安靜。「閉嘴！」女兒乖乖地聽了父親的話。車子快得像雲霄飛車一樣。他忽視燈號，還差點撞到一個騎自行車的女生，連安全帶也沒繫，就這樣開到了醫院。

愛美子嘴唇左上方、閉上嘴巴時裡面剛好是虎牙的地方縫了三針。用指尖從皮膚上摸，也摸不到裡面虎牙隆起的感覺。左邊虎牙一顆、靠中間旁邊那顆，還有更靠中間、所謂門牙的兩顆之一，在保健室裡跟飛濺的血一起不知去向。

到底被打了幾下，她也沒數，但應該沒有太多下。奇怪的是被打的時候並不覺得痛。先離開保健室的是小範。他突然停下打人的手，最後不知道說了句什麼後跑走。保健室的老師還沒有回來。被留下的愛美子沒停留多久也離開了保健室。

她不想回教室。從校舍一樓面南的保健室走到鞋櫃只要十步，從鞋櫃到正門大概三十步，這中間沒有見到任何人。回家路上，一個彎著腰的老爺爺搭配著愛美子蹣跚的速度，頻頻轉回頭，用拐杖支撐身體站著不動，一直盯著她，但什麼也沒說。一個牽著小狗的年輕女人問她：「怎麼了？還好嗎？」的時候她當場拔腿逃開。「你怎麼了？等一等啊！」身後傳來對方的叫聲。愛美子沒有回頭，因為那隻狗。那隻狗叫個不停，還想咬愛美子。上氣不接下氣地打開玄關門後，剛好有一處適合坐下的高度。愛美子在嘴裡塞了一團衛生紙，等待父親回家。

在醫院做完處理後她哭了。回家的車上還在哭。

「好痛，我想住院。」她想對父親這麼說，但聽起來只像低沉的呻吟。

（爸，我想住院）

「別說話。」父親又回到平時的語氣回答她。

（媽媽不是住院過嗎？那也可以讓我住院啊）

「別說話。」

（不公平，為什麼只有媽媽可以）

深夜的馬路上沒什麼車。父親和愛美子都繫上了安全帶，跟旁邊的車子以一樣的速度開著。途中遇到紅燈停車、綠燈了再發車。到底發生了什麼事？父親一句都沒問。在醫院被問到時，他代替無法說話的愛美子說：「應該是跌倒時不小心撞到了。其他的我之後會再問她。」

緩慢舒適的震動再加上止痛藥開始生效，漸漸地，她被一種好像頭頂上疊了三塊座墊般雖然很想拿掉卻又覺得麻煩、索性都無所謂了的重量覆蓋住。就這樣跟父親回了家。住院也很好，但現在她更想鑽進自己的棉被裡好好睡一覺。真羨慕從早到晚都能捲在蓬鬆棉被裡的人。那個人現在一定也躺在鋪了紅地毯的房間裡，不知道自己女兒流了血、掉了牙，靜靜睡著發出平靜的呼吸聲吧。

母親開始避著愛美子生活。自從她沒精神那天起已經有好幾年，做任何事都不被愛美子發現彷彿成了母親活著的唯一目標。慢慢地，女兒連母親長什麼樣子都想不太起來。唯一能想起來的只有她的痣。笑的時候、生氣的時候、哭的時候、寫字的時候、吃東西的時候，不管任何時候都好像隨時要掉下來的母親那顆黑豆般的痣。第一次見面時覺得那顆痣跟胡頹子差不多大，但那應該是因為愛美子的身體還小的關係吧。一天一天的生活中，她知道痣是不會掉的。但也不知道為什麼，唯獨母親的痣她始終忍不住想看。

哥哥說過，如果是一家人就不可以這樣在意。

四天之後拆線，拆線後過了三天，愛美子恢復到可以跟平時一樣說話。縫線之後皮膚被拉緊，有時候口水會滴下來，但她並不覺得不方便。那三顆牙齒並沒有完全掉，醫生說既然牙根還留著，也可以做假牙喔。但是愛美子很喜歡用舌尖滑過時牙齦跟空洞之間的凹凸感。重複幾次之後這成為一種新習慣，於是她告訴負責醫生，自己不需要新的牙齒。

6

一個晴天早上，粉紅色置物格蓋上了蓋子。搬家的行李很輕，一隻手就能提起來。搖一搖，發出匡噹匡噹結實的聲音。到下個月搬家之前還有很充裕的時間，愛美子已經做好了準備。

她用膝頭在榻榻米上移動，找到一個被冬天太陽淡淡照亮的空間，在那裡一骨碌躺下。占據大半房間的垃圾和破銅爛鐵，每到收垃圾的日子她就跟父親一起搬出去，來回家裡跟垃圾場好幾趟好不容易才清理完。現在手邊剩下的只有幾件內衣、衣服，兩根鉛筆和墊板、三個鑰匙圈，還有一台無線電對講機、新的牙膏牙刷組、舊手帕而已。

腳邊的電暖爐太熱了，她把腰部以下扭向遠離暖爐的方向、避開熱源，這時突然又聽到那個聲音。啪沙、庫嚕嚕嚕、空咚。她撐起上半身，單手摀著嘴仔細靜聽，隔著一片玻璃窗在頭旁邊的陽台果然聽到了那個聲音。她心想，我要唱歌了喔。已經習慣了，這種時候只要唱歌就行了。她張開嘴巴吸了一口氣。這時突然覺得很難受，好像喉嚨深處塞住了一樣。頓時不知該如何是好。

嘎沙嘎沙嘎沙、咕嚕嚕、波咘波咘、沙沙，窗外的聲音變得愈來愈大。

聲音好大。不只聲音，有聲音、有氣息。愛美子無法呼吸。她不知道自己想吸氣還是想吐氣。這一定是鬼在作祟。她還相信有鬼的存在。現在她已經不確定是什麼的鬼，就算知道也無法幫忙做墳墓。做了墳墓會有人掉眼淚。沒有什麼愛美子能做的事。蜷曲的身體在榻榻米上微微搖動。聲音撼動著愛美子。配合陽台傳來的聲音，心臟也快速跳動著。胸口好難受，不能呼吸了。擺動漸漸變大。巨大的音量襲擊她無法站起來的身體。

就在她覺得自己快死掉的那一瞬間，愛美子混亂的腦袋發現一件事。

那不是陽台傳來的聲音。也不是自己心臟的聲音。現在還有一個不知道從哪裡傳來的其他聲音。擠掉鬼跟心臟，原來最難纏的就是這個聲音。幾乎要刺破鼓膜的那個爆音，撼動著愛美子的頭和身體還有整個房間。從遠方猛衝而來，大喊、大鬧、拳打腳踢地將襲擊愛美子的所有雜音在腳下踩扁。在腳下，踩扁。

那是星期六晚上的聲音。每當週末夜晚降臨就會聽到的激烈瘋狂引擎聲。完全不考慮別人的感受，四處暴走、逞威風，很少現身。

突然安靜了下來。引擎聲停了。她用止不住顫抖的嘴巴吸氣、吐氣。可以呼吸了。伸出雙手，拉過那個粉紅色置物格。打開蓋子把格子橫倒，單手輕輕取出裡面一台泛黑的玩具。好想說話。她試著按那顆圓形黃色按鈕。放在耳邊應該可以聽到沙沙的聲音。但是現在什麼也聽不見。不過愛美子還是說起第一句話。

「請回答、請回答，這邊是愛美子。」

沒有人、沒有地方傳來回應。

「請回答、請回答，這邊是愛美子，這邊是愛美子，請回答。」她呼叫了好幾次，都沒有人回應。

「喂聽得見嗎？我是愛美子。」她決定自己說自己的。

「爸跟媽要離婚了。愛美子要跟爸爸一起搬家，很快就不在這個家，也要跟鄰居說再見了。」

雖然這麼說著，她卻想不起任何一個鄰居的長相。

「以後也見不到小範了。小範他啊，上次哭了呢。他哭了。他叫我不要說出去，我沒有跟別人說。」

那天之後她就沒去過學校。「啊～」面對著已經沒電的對講機，她大大嘆了一口氣後，用舌尖舔過空出洞來的牙齦。

「我跟你說，是妹妹喔，不是弟弟。為什麼沒有人跟我說呢？大家每次都不跟我說，大家都絕對不會告訴我。」

無線電對講機很燙。手心都是汗。房間裡充滿了同班同學的笑聲。怎麼會這樣呢？那個時候愛美子在哭。愛美子一哭，大家就笑了。大家指著她格格笑著說她的哭法很奇怪。但是真有那麼好笑嗎？她自己也不知道。

「啊～」

真的很好笑嗎？

「啊～有鬼喔現在也有鬼喔這樣怎麼行啦。」

說完這句話後，她耳裡聽到一句像碎片一樣的話。那是從這台失去功能的對講機後方傳來的第一次回應。只有短短一瞬間。那個人用非常小的低沉聲音只說了一聲「啊？」

愛美子嚥下口水，又說了一次。

「……在陽台那邊啊，有鬼喔。」說到這裡忽然湧起一陣恐懼，漸漸無法控制。「怎麼辦。好可怕好可怕、好可怕啊，好可怕好可怕好可怕好可怕！好可怕啦好可怕喔救救我啊哥。」

腳下可以感覺到雷聲般的聲音，房間紙門砰地一聲被打開。抬頭一看，有個像獅子一樣的人站在眼前。那個雙手叉腰、雙腳打開威風站著像獅子一樣的人，對呆呆張著嘴的愛美子輕輕點了點頭。然後大步走進房間裡。

愛美子早就知道他們不是第一次見面。她一出生就認識這個人。但她怎麼也無法連結起來。所以她想，應該就是這個人吧。冬日陽光照射下閃亮揚起的塵埃中，帶著最強動物的外貌站在自己眼前的，就是田中學長。

田中學長走過愛美子眼前，握住窗戶的把手。愛美子繼續坐在榻榻米上，看著田中學長金色的鬃毛和寫滿艱深漢字的豪華衣服。窗戶跟紙門一樣，往旁邊被用力打開。接著是一陣哐啷哐嚓的聲音。田中學長踢開那些疊在一起的盆栽的聲音。愛美子驚訝叫出聲的同時，一個黑色物體發出啪沙啪沙啪沙的聲音橫切過窗外。

是隻鳥。不知道是哪一種鳥。還來不及確認就拍著翅膀飛走了。愛美子趴著前進到窗邊，怯生生地探頭出去。冷風吹著額頭，她窺探著那堆破碎盆栽，在田中學長俯瞰的視線前方有個鳥巢，大小差不多等於愛美子攤開雙手。藏在盆栽後方築的巢，跟小時候看過的繪本畫的一樣，鳥巢裡有三顆小鳥蛋緊靠在一起。愛美子用嘶啞的聲音哇地叫了一聲，把臉湊近想看得更清楚。從什麼時候開始有的？好小啊，要出生了嗎？想對蛋說的話從心中滿溢出來，她覺得很激動。剛剛從眼前飛走的鳥是你們的媽媽嗎？不用擔心她馬上就會回來，如果這個陽台是你們家的話。不要怕，放心吧。她右手伸向那些蛋，想輕輕撫摸他們。可是在指尖就快要碰到鳥巢之前，被一隻滿是傷痕的大手擋住了。啊！說時遲那時快。田中學長的右手連同這些蛋一起，抓起整個鳥巢。乾燥脆裂的聲音響起，小樹枝從粗粗的手指間鑽出來。學長徒手握著鳥巢跟三顆蛋，仰望著遠方的天空。愛美子也跟著他一起望向天空，下個瞬間。

「怎樣！」

隨著這個喊聲，鳥巢被丟了出去。愛美子發不出聲音，只能用眼睛追著被高高拋向空中的鳥巢跟鳥蛋。

一直到他們在冬天清澈的天空中最高的地方被分解散落為止，愛美子眼睛眨都沒眨一直盯著看。

教室後面的公布欄貼著班上同學的書法作品。裡面沒有愛美子的。可能那天沒上學吧。沒看到小範，愛美子問經過的男孩哪一個是小範的作品。

「怎麼又問？」

說著，男孩用手指彈了彈其中一張作品。上面寫著「金鳳花」。

「你怎麼每次都愛問小範的是哪一張啊？還真是專情耶。」男孩說完笑了笑。

「這怎麼念？」愛美子問。

他回答「ㄐㄧㄣㄈㄥˋㄏㄨㄚ」。

「喔，好奇怪喔。這是姓嗎？」她又問，隔了一會兒，男孩看向她。

然後很驚訝地盯著愛美子：「喂，你是問『鷲尾』嗎？你問該怎麼念該不會是指『鷲尾』這兩個字吧？」

「ㄐㄧㄡˋㄨㄟˇ是什麼？」

「就是你最喜歡的小範啊。」

「那ㄐㄧㄣㄈㄥˋㄏㄨㄚ呢？」

「笨蛋，ㄐㄧㄣㄈㄥˋㄏㄨㄚ是指這幾個字，是花的名字啦。」

在那個沒聽過的花名旁邊寫的是「三年三班 鷲尾佳範」。

她就是想知道這個。明明小學一、二年級，國中一年級還有三年級都在同一班，也在名單上看過好幾次小範的姓名，可是對於總是翹課不念書的愛美子來說這些漢字實在太難。好像曾經看過，卻念不出來。但是她已經決定了。愛美子想要知道。

「對了，這個是我的名字。你會念嗎？應該會念吧，喂？」告訴她小範名字的男孩指著另一張作品問她。上面寫著又大又醜的字。愛美子嘴裡忙著重複ㄐㄧㄡˋ ㄨㄟˇ ㄐㄧㄚ ㄈㄢˋ，沒辦法回答男孩的問題。鷲尾佳範。比寫在田中學長衣服上的漢字簡單。

「快畢業了耶。」

身邊的男孩小聲地說。以為他開始吹起口哨，結果馬上改成哼歌。是她聽過的旋律。愛美子也開口想一起唱，不過歌聲卻馬上停下，他問：「你要上高中嗎？」第一次有人問她這個問題。

「不去。」

「喔。那你要幹嘛？」

「春假時要搬去奶奶家。我應該會跟奶奶一起種桃子。」她要搬去爸爸的媽媽家。是動作很慢、很溫柔的奶奶。「你要上高中嗎？」

「要。我靠棒球推薦要去念仙台的高中。很好吧。」

「真好。」

「你如果稍微認真念書也可以上高中的。」

「可以嗎？」

「可以啊。」

「是嗎？」

「是啊。」

「不行吧？」

「喂。」

「幹嘛？」

「怎麼會不行，可以的。」

愛美子喃喃念著：「是喔。」

「跟你也這麼久的交情了，現在終於要說再見了呢。」

她沒弄懂「這麼久的交情」這幾個字是什麼意思，抬頭仔細看著對方的臉。這個人剃了光頭，明明是冬天，卻曬得很黑。高個子黑皮膚的光頭看起來都長得一樣。

「所以說，你應該很……那個吧，知道很多我的事吧？」她指著光頭這麼說。

「你在說什麼啊？你應該也知道很多我的事吧？」

「不知道。」

「宰了你。」說著，光頭笑了。被這麼說的愛美子也笑了。「因為你眼裡只看得見鷲尾吧。不管他再怎麼討厭你都不在意。從小學開始就是這樣。真厲害。」了不起、了不起，光頭一邊說著，一邊拍了拍愛美子的肩。

愛美子問光頭：「他很討厭我嗎？」

光頭安靜了半晌。但馬上又笑了起來：「也不是討厭啦，應該是覺得煩吧。」

「我哪裡討厭？」

「你討人厭的地方嗎？大概有一百億個左右吧。」

「嗯，哪裡討厭？」

「一百億個？你要我一個一個說嗎？還是寫在紙上做一個表？」

「一個一個告訴我吧。覺得我很討厭對嗎？哪裡討厭？」

「要說哪裡討厭，這……」

「嗯。」

光頭原本還在笑的臉，忽然緊繃僵住不動。於是愛美子知道，自己的認真確實傳遞給對面這個人了。她再次看著對方的眼睛說。

「請告訴我。」

光頭沒有避開愛美子的眼睛。稍微沉默了一下之後，他終於開口「那是……」他維持著僵硬緊繃的表情，繼續說道：「那是我自己的祕密。」

雖然僵硬，可是他的眼睛在游移。所以愛美子試著尋找話語。可以面對這對眼睛的話語，什麼都好。她強烈希望自己能溫柔。愈是強烈這麼希望，就愈悲傷。而她找不到話語。愛美子什麼都說不出來。

父親並沒有說謊。愛美子問他是不是要搬家，但父親並沒有說自己也要一起搬。也沒有說要離婚。

她忘了很多人的臉。連名字都忘了，也有些人的名字她原本就不知道。

「畢業之後也不要忘記我喔。」當時那個光頭輕輕拍了愛美子的肩膀這麼說，沒有聽愛美子的回應就離開了教室。她心想，早知道應該答應他，自己不會忘記的。因為實際上她早就已經忘記。

在奶奶家院子裡等待初夏踩著高蹺來的朋友，盯著那個看起來不像在前進、只是微微搖晃的影子時，突然有人叫了自己的名字，她嚇了一跳。愛美啊。

「愛美、愛美啊。」

裝著紫花地丁的袋子掉在地上。愛美子又嚇了一跳。但是有人叫她，她應了聲「來了～」走向奶奶聲音傳來的家裡。走在途中她擔心地轉過頭，然後又馬上轉向前面繼續走。不要緊。那孩子還沒那麼快走到這裡。

野餐

開店時間還沒到，卻看到一個女人慢慢走下通往地下入口的樓梯。以身穿比基尼、腳踩輪滑鞋的女孩來服務顧客為賣點的「輪滑花園」，這間店不太可能有單身女客來訪，一定是來面試打工工作的。轉彎進入後門所在的後巷時，露美她們這麼想。

到辦公室打卡時，近距離看到跟經理面對面坐著的那個女人，她又更加確信。一定沒錯，是新來洗盤子的。

距離開店還有兩個小時的傍晚五點，露美這些平時的主力成員已經出勤是有原因的。今天有每週一次規定所有人都得參加的舞蹈課。雖然說是上課，但並沒有請講師來教。只是跟同事一起彼此確認平時跳舞的動作，沒什麼問題的話就這樣結束。大部分出於好奇踏進這間店的客人約莫最初的十分鐘就會膩了，因此大家對晚上九點開始的舞蹈時間就會報以很高期待，可是再怎麼等舞台上的女孩們都不脫光。這些只是搭配著十年前流行過的電影音樂轉圈圈、懶洋洋上下擺動手臂的人，就是剛剛幫客人加點啤酒的女服務生，根本不是專業舞者。客人的視線再次回到桌上的菜色跟飲料上。

東西好吃跟飲料價格便宜，都是這間「輪滑花園」受歡迎的理由。雖然經理的商業策略有些偏差，但這間店確實生意很好。趁現在初春就得先確保人手足夠，為忙到焦頭爛額的七、八月做好充分準備。

那個女人說自己姓七瀨。

你好啊七瀨小姐。露美她們從舞台上對她打招呼，七瀨小姐就像個成熟女人般：「還請各位多多指教。」深深低下頭。她的胸很大，但也說不上漂亮，左邊側腹部有個被蟲咬的紅色痕跡。大概是發現到舞台上對她投來的視線，七瀨小姐的臉頰通紅：「我這身打扮很奇怪吧。」

沒這回事，很適合你啊。我們也是啊，你看，大家都是一樣的打扮啊。聽到露美她們這麼說，她很有禮貌地鞠躬致謝：「謝謝大家。」七瀨小姐不是洗盤子的。

後來聽說，她本人來面試時其實是希望進廚房工作的。雖然當場就被錄用，可是手裡拿到的制服不知為什麼竟然是跟露美她們一樣的紅色比基尼。「因為我想湊齊女孩人數啊。」最近老婆剛跑了的經理這樣對露美她們說明。

雖然已經不是女孩，但也還沒有到露美她們母親的年齡，應該介於這中間吧。問她本人幾歲了？她回答：「這是祕密。」結婚了嗎？她說：「還沒有。」那有男朋友嗎？「有的。」男朋友幾歲了？「三十三歲。」男朋友是做什麼的？「是藝人。」

七瀨小姐說了一個知名搞笑藝人的名字。一聽到這個名字休息室裡所有員工都轉向這裡。這太有意思了。再多跟我們說一點嘛。你跟他是怎麼認識的？因為什麼開始交往的？

七瀨小姐在前輩們的要求下開了口。她先從河開始說。「那是一條被選入名水百選裡的河。現在只能偶爾看到有魚游過，不過他小時候河裡經常可以看到山女魚和紅點鮭，多到都能徒手抓到。山女魚、紅點鮭，你們聽過嗎？」

就是魚吧。其中一個人回答。

「是魚。」七瀨小姐點點頭。「現在如果說有人把大山椒魚當寵物養應該沒有人會相信，但是他確實生長在這麼清澈河水的河岸邊。」

一到秋天，就會將沿河地帶染成一片鮮紅的彼岸花，有著藍色橘色羽毛都市裡看不到的野鳥，沉入山另一頭的火紅夕陽。下了許多雨的隔天，小學時的他會在水位增高的河邊清洗晚餐要入菜的馬鈴薯。

「這種清洗不需要用手去搓，只是緊握著莖，把馬鈴薯部分泡在河裡。水流很快，只要幾秒就可以洗掉馬鈴薯上沾的泥巴。洗完馬鈴薯接著洗自己的運動鞋。一整天在山野裡跑來跑去，他整隻腳都沾滿泥巴，腳下也沒穿襪子。他是不穿襪子的人。下次你們看電視可以注意一下。他想快點把鞋洗好，坐在河邊直接把雙腳放進河水中。結果沒過多久，其中一隻鞋子就被沖走了。因為他母親給正在發育的兒子穿了尺碼稍大的運動鞋。他急忙站起來，拚命追著那隻漸漸離開自己視線的鞋，用盡全部力量跑在濕濕的河畔。但跑到一半跌倒了，真是可憐。他被樹根絆倒了。雙手撐著從草地上抬起頭時，那隻心愛的運動鞋早已經被河水吞噬了。」

七瀨小姐呼地吐出一口氣，喝了一口放在桌上紙杯裡的咖啡。那杯並不是七瀨小姐的咖啡，但沒有人說什麼。

「河川揣著單一隻的運動鞋不斷南下，濺起水花，重複著匯流、分流。然後河水漸漸變得混濁，來到這個鬧區時幾乎只剩下排水。不過最後還是來到稍微廣闊的河口，本來應該從這河口靜靜地流入海中。這就是一條河的命運。但是他的運動鞋最後漂流到的終點並不是黑暗的海底，也不是堆積了廢物的砂地。他的運動鞋竟然在市區西邊某個小鎮裡，被一個站在溝渠邊的少女發現了。」

那個少女就是七瀨小姐。

當時十二歲的七瀨小姐為了捕捉附近養魚園不小心放出的錦鯉，正緊握著捕蟲網，她發現從上游浮浮沉沉漂流下來的咖啡色運動鞋，隨手撈了上來。把鞋丟在草地上，仔細看看圍繞鞋緣的橡膠部分，上面用黑色馬克筆寫著「春元氣」。這是身為一家經濟支柱的母親到臨鎮溫泉設施炊煮員工餐點，用這份工作的薪水買的那雙尺碼稍微大了一點的運動鞋。

「五歲時父親生病去世了。他也很清楚自己家的經濟狀況算不上富裕。運動鞋總是穿到處處是洞破爛了為止。他不敢開口說要買新鞋，既然鞋子回不來，那有沒有辦法至少讓自己不挨罵？思考了很久，他決定用油性馬克筆在自己左腳畫出運動鞋的輪廓。腳背部分的曲線、側面那四條線、洗了也洗不掉的汙漬、被橡膠包覆著指尖、寫了自己名字的地方。他盡可能忠實重現自己記得的特徵，最後忍著癢在腳底畫了無數橫線後大功告成。隔天早上，母親從後面抓住說了聲『我出門囉』就要離家的兒子領口。被問道鞋子呢？他指指左腳說穿著呢。母親眼睛看的是他赤腳上的手繪運動鞋。你看！說著他抬起來讓母親看看腳掌心上寫得很醜的『23.0』幾個字。隔了片刻，母親痛斥一聲笨蛋的同時，巴掌朝他左邊太陽穴飛來。他心想，果然瞞不過啊，還是道歉吧，抬起頭時發現低頭看著自己的母親臉上不知為什麼滿是笑意。他暗自在心裡擺出了握拳的得意姿勢，完全忘了太陽穴的痛。當時母親一邊說著笨蛋一邊笑個不停的樣子，可以說是造就出現在的他的原點吧。」

……。

「各位可以了解嗎？也就是說十二歲的我，用捕蟲網撈起了他的根源呢。」

距離那個晚上剛好過了一年。回顧起來，露美她們當時還很年輕。不只是長了一歲的關係，這一年來她們也懂了不少事。比方說七瀨小姐的為人。「各位請用。」她會把冷掉的煎餃或燉煮南瓜等裝在大保鮮盒裡帶來工作的地方。勤勞感謝日她會說著：「謝謝大家平時的關照。」將親手做的心形巧克力發給店裡所有的員工。雖然有點奇怪，但她並不是壞人。硬要分類的話應該算是好人。

但問題是她進了店裡都過一年了，到現在還不太會穿輪滑鞋。儘管露美她們熱心指導還是沒有用，七瀨小姐的輪滑鞋從好幾個月前就一直丟在更衣室的一角積灰塵。可是她總是會把痠痛貼布、消毒水、冷卻噴霧、ＯＫ繃等裝在草莓圖案的專用小包裡隨身攜帶。問她原因，她說「前輩們跌倒受傷時可以用。」真是個很貼心的後輩。

至於十二歲的七瀨小姐撿到他的運動鞋之後採取了什麼行動，她看了幾眼後判斷「不需要。」又丟回了水溝裡。當時的七瀨小姐還不曉得有這個人，會這麼做也是理所當然的。誰會知道這竟然是自己未來戀人事業的根源呢？

「當時我完全沒多想。」她本人也這麼說：「我是後來才發現的。」

後來是指大概十年後。七瀨小姐二十三歲那年，在自家公寓裡聽著由落語家擔任主持人的深夜廣播節目。一個剛從藝人訓練學校畢業半年的新人來到節目裡開始自我介紹。

那個男人自稱「我叫春元氣！」春元氣？春元氣……。這奇怪的姓名是他的本名。聽他說起故鄉的名字，知道是同鄉。出生年月日、尊敬的人物、兒童時期是怎麼過的？講到是什麼原因讓他立志要走上這條路。聽著聽著，有個畫面掠過七瀨小姐腦中。但這怎麼可能呢？他小時候經常去玩的那條河自己從來沒聽過。不過這個人的聲音真好聽。清澈，又醇厚低沉。隔天七瀨小姐騎上自行車到區公所旁邊的圖書館。攤開地圖，她先找到流經自己住的小鎮的那條河，放上指尖。那條河也是遍布鎮上的溝渠的水源。由此往北上溯。她循著最粗的線配合著河川的彎曲用手指往上走，連上了。

他丟掉鞋那條河的名字，在南下過程中換了兩次名字。

下一週七瀨小姐一樣在棉被裡聽著深夜廣播節目。聽廣播是七瀨小姐從國中時代開始的習慣。她也沒有特別意識到自己這個習慣，所以並沒有想到春元氣會接連兩週上節目。

他讀出寄來節目的郵件和明信片，附和落語家主持人的話題，拍手、出聲格格大笑。隔天，七瀨小姐寫了明信片給節目。

「給助手春元氣先生：我小學時曾經在附近的河裡撿到你掉的那隻鞋！不過馬上就丟了……。對不起。PS.你聲音很好聽。」

他自己在隔週的節目裡念出了那張明信片。讀完後，他很開心地笑著說：「七瀨小姐，謝謝你。我覺得我跟你挺有緣分的呢！」落語家也插了話。聽起來很浪漫啊，撿了鞋子，這不是灰姑娘的故事嗎？「好！我決定了。我要跟這個人結婚！」

七瀨小姐回顧當時的情況：「都還不知道彼此的長相他就突然說要跟這個人結婚呢。我也嚇了一大跳連忙關掉收音機電源。不過馬上又打開了啦，哈哈哈。」

下一週，七瀨小姐又寄了明信片。

「我也覺得這是命運的安排，感覺跟你有很多連結。」

這邊是愛美子

他讀著明信片。

「七瀨小姐，謝謝你連續兩週寫信來。我會努力的。為了能養活你，我一定會變得更有名。」

第三次，七瀨小姐寄去的明信片沒有被念出來。第四次也沒有。

寄出第五次明信片後，他馬上打了電話來。謝謝你一直支持我，請跟我交往。

「還是說請跟我見一面？」

雙手交抱在胸前，偏頭認真思考的七瀨小姐視線終點是休息室的天花板，被香菸焦油染成深褐色的天花板角落。

「還是說請跟我結婚呢？總之那通電話之後我們就開始交往了。」

這時候他還不知道自己求婚女人的長相。當然七瀨小姐也不知道他的長相。他沒有出名到會刊載在藝人名鑑上。那個時候的他只有一個廣播節目助手的工作，還沒上過雜誌或電視。七瀨小姐自己去見他。

「是嚴冬的某一天。」

那一天粉雪紛飛。七瀨小姐在寒冷天氣中維持直立不動的姿勢，站在東京的廣播電台前等著，身穿紫色羽絨外套的他來了。明明從沒見過，但彼此都馬上認出對方。

跟七瀨小姐開始交往後，他的運氣也立刻開始好轉。首先他擔任助手的廣播節目主持人因為少女買春事件被捕。緊急代打幫忙主持的他，開朗輕快的節奏還有即興表演的段子都很受歡迎。下一個月，原本的節目結束，在同一天同一時段開始了由他獨挑大梁的節目。同時期他也接到許多電視演出的邀約。從深夜綜藝節目到連續劇配角、美食介紹等等。傍晚的資訊性節目每週有一次可以看到他領著一群中年主婦拿著麥克風穿梭在商店街中的樣子。現在大家都知道以螢火蟲聖地知名的那個地方，是他高中畢業之前生長的家鄉。離開故鄉後十六年，跟七瀨小姐以結婚為前提交往了十四年，旁人眼中看來，他的生活或許稱得上一帆風順。確實，所謂成名之前努力打基礎的時期，就在他自己都沒意識到下這樣度過了。但也並不是說他幸運搭上了潮流，而是在他認真面對眼前問題時，不知不覺中被帶到了現在的地方。他當然也做過夢，想像過自己未來的樣子，可是心中並沒有任何明確的目標。無關過去或未來。他只是一直竭盡全力在電視、廣播、業務活動上。七瀨小姐說，他曾經說過自己的信念就是要將當下瞬間所有的一切力量都發揮透澈。關於他的所有故事，都是從七瀨小姐口中聽說的。

今年春天，他又獲得了新的工作。這個長壽節目連白天多半都在睡覺到傍晚才起床的露美她們也知道。他竟然成了節目中星期三的固定來賓。

進入四月的第一個星期三，露美等老面孔受邀到七瀨小姐的公寓二〇一號房聚會。

平時這個時間她們還在熟睡。七瀨小姐跟平時一樣，用那溫和的笑容迎接著頂著一頭亂髮也沒化妝、穿著上下成套尼龍材質運動衣的露美她們。

「早安。」

「早～」打開薄如夾板的玄關門，走進屋裡。

「有誰要吃早餐？」

聽到背後七瀨小姐的聲音，所有人都沒回頭逕自舉起手。從玄關進來走三步就能穿過陰暗的廚房來到放著電視的起居室。每次來到這個家都是這樣，露美她們會先盤腿坐在榻榻米上看著腳底。果然，上面粘了很多東西。用手指把橡皮筋、迴紋針、餅乾屑、不知道是什麼東西的邊角一一彈開、拍落到榻榻米上。腳底變乾淨後，模模糊糊的腦袋也清醒了。之前也來過這間公寓很多次，但每次都是深夜或清晨，窗戶上的深藍色窗簾拉得緊緊。但今天卻是開著的。窗簾一開，房裡的樣子就看得很清楚。從日光燈垂下的長長塑膠繩是唯一有光澤的東西。七瀨小姐家很髒亂。

「久等了。」

七瀨小姐左右兩手抱著兩個不銹鋼大碗，單腳踢開玻璃門進入露美她們所在的起居室。不管是跟父母親吵架離家出走的深夜，或者喝得爛醉把胃裡所有東西吐得一乾二淨的清晨，還是跟今天一樣青空朗朗的白天，她們知道在這個家裡端出的餐點都沒有變化，很讓人安心。兩個大碗裝的都是水煮蛋。露美她們也說，不用特地花時間親手下廚做講究的菜色。七瀨小姐先把大碗放在桌上，又回到廚房。等了一會兒就有寶特瓶裝水送上來，以及人頭數的杯子。袋裝餐包、食鹽、醬油，還有美乃滋。順序跟平時一樣。

露美她們剝著還很燙的水煮蛋殼，撒鹽，嚼麵包，打開寶特瓶蓋直接就口咕嚕咕嚕地喝下。大家各自隨意吃著七瀨小姐準備的早餐時，七瀨小姐則端坐在電視前，仔細確認預約錄影的設定狀況。

「四月、六日、星期三。」一邊說手指一邊指著畫面：「各位，這是星期三吧？不是四吧？」

「看不清楚耶。」

「在這裡，看得見嗎」

「看見了，四月六日星期三。」

「不是四吧？」

「嗯，不是四。」

「中午十二點到十二點五十八分。」

「電視的時鐘對過了嗎？」

「對過了。」

時間是上午十一點四十八分。還有十二分鐘才輪到他出場。七瀨小姐先把遙控器放在榻榻米上，雙手緊握著身上穿的粉紅色裙子。

舔舔沾了鹽的指尖、把蛋殼掃到榻榻米上，時間也就到了。也不知是從哪裡傳來的，半開的窗外隱約傳來通知正午時間的鐘聲比他還先出場。就在這之後，輕快的音樂響起，滿滿電視畫面映出橘色片頭。

露美她們已經很久沒有這樣專心看節目了。主持人出場的方式還有主題曲，好像都跟以前沒什麼不一樣。螢幕上大大出現主持人的特寫跟名字之後，依序一一出現演出人員的臉跟名字的字幕。來到最後一個人時主持人對手上的麥克風說：「這位是第一次出場，從今天開始就是我們的新夥伴了。」

春元氣。他笑著揮揮手。

從節目開始後就沒有停下過的歡聲此時更加熱烈，主持人表情一皺對觀眾席說了聲吵死了！他臉上一直掛著笑。面對攝影機可愛地咕咚鞠了個躬。他把一隻手放到彎起嘴角的嘴邊，又迅速拿開。是飛吻。還眨了眼。

「哇～！」

電視裡的歡呼聲近乎慘叫。小春、小春！觀眾席中呼喚他名字的聲音沒有停過。他不斷笑著對大家揮手。

「你剛剛看到了嗎？」

「看到了看到了。」

即使在這個距離他所在攝影棚得搭兩小時巴士的遙遠小鎮一角，也因為他起了一陣喧鬧。喧鬧的只有露美她們。

「太棒了！真是太厲害了！太棒了啊七瀨小姐。」

拍拍七瀨小姐的肩，走到正面盯著她的臉。

「跟七瀨小姐說的一樣耶，真的太好了。」

「真難為情。」紅著臉的七瀨小姐說。

攝影機會依序拍攝演出人員的臉。我是最後一個。到時候我會對你拋出飛吻，再加上眨眼。這就是他給女友七瀨小姐送來的愛的信號。

可能因為是第一天的關係，大約一個小時的節目裡，他出現的時間總共大約十分鐘左右。只有針對很久以前的社會版新聞做些無關緊要的評語而已。電視畫面開始播放片尾曲時，其中有一個人說：「他是不是很緊張啊。」

「就是啊。」七瀨小姐轉過頭來回答。「沒錯，我也正覺得這不像平時的元氣。」七瀨小姐叫他的方式跟一般粉絲不一樣。「身邊的其他來賓和觀眾也都感染到元氣的緊張了呢。」

他這個人乍看之下可能看不出來，其實個性非常纖細呢。明明是搞笑藝人，卻總是想著不能隨便亂說話，以免傷害到別人。他有一本祕密的筆記本，筆記本上依照發音順序寫著明星的名字。他親手在每個名字旁邊仔細註記了每個人愛吃的東西、喜歡的音樂、喜歡的電影、戀愛經歷、家庭結構、出身地、禁忌話題等個人資訊。他平時不會隨身攜帶這筆記本，把它放在家裡櫥櫃抽屜的深處，還上了鎖以防被偷。筆記本沒給任何人看過。這當然也是聽七瀨小姐說的。露美她們對於現實中的他一無所知。

露美她們知道的，只有在店裡休息室永遠不會關掉的小型電視裡出現的他。已經三十好幾，還把頭髮染成亮褐色，穿著十幾歲孩子會穿的衣服，臉長得很像松鼠。在店裡工作的女孩只要看到他出現在電視畫面裡，多半都會露出笑容。透過十二吋電視畫面無從得知他其實也有貼心又認真的這一面。確定成為白天現場播放節目固定來賓時，掠過他纖細心中的不安，是擔心掌控那個節目的大咖主持人會不會喜歡自己？心情可以說十分消極。至少在第一天節目中他沒能讓主持人露出笑臉。今晚回家後，他一定會反覆重讀那祕密筆記本，直到來週之前重新研究方向跟對策吧。「我也一起想想看。」七瀨小姐也這麼說。

那天晚上，不穿輪滑鞋的七瀨小姐跟平常一樣赤著腳在店裡奔跑。七瀨小姐堅持如果得穿輪滑鞋那她寧願去洗盤子，於是經理說，赤腳也無所謂。赤腳的七瀨小姐很有活力。她閃過被燈照得白燦燦的椰子樹端著十二個啤酒杯，獲得了一群下班上班族的喝采。她還曾經右手端著裝炸薯條的盤子、左手是白蘿蔔沙拉大碗，頭上頂著裝了淺漬黃瓜的平盤，端到客人的桌邊。不過這間店的賣點畢竟還是輪滑鞋，就算能端五十個啤酒杯，七瀨小姐的時薪還是比露美她們低了兩百圓，可是比洗盤子的時薪高。對於時薪和工作內容，她覺得維持現狀無妨。男友也說，穿輪滑鞋會滑到受傷，還是別穿的好。

露美她們的時薪高，是因為隨時都可能有危險的關係。撞到椰子樹跌倒，女孩們互相衝撞跌倒，在練習跳舞時跌倒，在正式表演中也跌倒。這一天，來到常備急救包的七瀨小姐身邊的傷者，罕見地只有一個人。是絆到一個笨蛋顧客伸長的腳而跌倒的。幸好她當時手上只拿著菜單，傷勢才不至於更慘重，可憐的她擦傷了膝蓋。

關店後的更衣室，七瀨小姐從草莓圖案的化妝包裡挑了一隻管狀軟膏拿出來。她蹲在比自己小一輪多的年輕前輩面前，一邊在滲血膝蓋上塗著軟膏，一邊問：「痛嗎？會不會刺？」把最大號的ＯＫ繃貼在傷口上後，她再次拿出收進化妝包裡的軟膏，這次開始塗在自己左邊側腹部。

用食指認真塗抹著的，是七瀨小姐從進這間店起一直到現在都沒有消除的蟲咬痕跡。畫著圓圈般地塗抹著白色軟膏。凝神仔細看去，輪廓模糊的紅色圓形確實比一年前更大了些。

有人說出一個對搔癢很有效的外塗藥名字。聽了之後七瀨小姐抬起頭來微笑著說：「謝謝，不過這並不會癢呢。」

過了一星期，又到了星期三中午。跟上星期一樣，在露美她們圍坐的桌上擺好早餐後，七瀨小姐挺直了背脊端坐在電視機前。那寬大厚實的背影跟畫面裡的他一樣緊張，沒吃餐包也沒動水煮蛋。節目途中影像切換成廣告，七瀨小姐還端坐在電視機前，整個人僵硬著什麼也不說。贊助商的名稱依序出現在畫面上時，有人打了個大呵欠。

「為什麼不做那個呢？」

也不是特定對誰說，七瀨小姐盯著畫面低喃。那個是指飛吻跟眨眼嗎？

「不是，是河馬的模仿。」她說：「上星期我跟元氣去了動物園，聽到河馬的叫聲。他當場學了怎麼模仿河馬。咘～咘～。我建議他這很有趣，可以在電視上表演，一定會很好笑的。他還說尤其是那個主持人，一定會很喜歡。可是他並沒有表演。」

「嗯。」

「其實前天的廣播節目裡他表演過。助手和員工們都大爆笑。你們知道嗎？大家有聽那個廣播嗎？光是聽聲音就覺得超有趣的，真想讓你們看看他說『咘～』時的表情。那張臉真的很奇怪。我沒辦法學得很像，哈哈哈哈！啊，不好意思。」

「有那麼好笑嗎？」

七瀨小姐嗤嗤笑著，一邊點頭：「嗯，很好笑。」

「真想看看。」

「我也很想讓大家看看。」

「要是下星期會表演就好了。」

「對啊。」

為了跟生活在遠方的戀人見面。七瀨小姐會定期搭巴士去東京。通常都是當天來回，有時候晚上就會去店裡。她說聽河馬叫的動物園，是上星期六在電視錄影的空檔去的。

當然有時候也會住一晚再回來，記得上個月的約會就過了夜。他們兩人去了能看到海的公園，搭了摩天輪，吃了甜甜圈，他說再胖一點也沒關係。看了電影，買了東西，吃了中菜套餐。晚上住在最近剛開幕一晚要價五萬的飯店。星期一早上搭上往東京巴士的七瀨小姐在星期二中午回來。傍晚來到從家裡徒步三十分鐘的工作地點，跟露美她們說起這些事時從來沒顯現出約會的疲憊。

「每次休假都空手回來，真是抱歉。」七瀨小姐雖然這麼說，但露美她們一點也不在意這種事。來回巴士車資也不是小錢，應該沒有餘力再買東京伴手禮了。

她也沒拍照片。約過許多次會的兩人絕對不拍紀念照。不愛拍照、覺得跟本人相比很不上相，所以總是堅持拒絕拍照的不是他，而是七瀨小姐。幸運的是，兩個人到目前為止還沒被八卦雜誌拍到過。

不知道是不是忘了跟女友之間的約定，下一週和下下一週他都沒有在攝影機前表演模仿河馬。每次電視機前的七瀨小姐都會垂下肩頭很沮喪，不過隨著播放次數的增加，他也確實不像之前那樣緊張了。從第一次出場那天後經過兩個月，經常在深夜綜藝節目裡看到的那種放鬆表情，也開始出現在白天的電視畫面裡。

兩個人去動物園約會是在四月初，孝順的他在全國各地相繼發表進入梅雨季節的六月中旬，為了讓獨居母親看看自己健康有活力的樣子，在緊密的日程空檔中勉強擠出了幾個小時當天來回返鄉了一趟。雖然是同鄉，他卻沒有時間多繞點路去定期來見自己的戀人所住的小鎮。

他已經三年沒見到母親了。看到在玄關揮手迎接自己的母親，他也一樣笑著揮手招呼，但是內心卻深受衝擊，她身體這麼小嗎？這不是完全變成老太太了嗎？當然他並沒有對母親本人這麼說。但是星期三正午過後，他在電視的現場播放中這麼說了。

節目成員依序發表「最近最受衝擊的事」，最後輪到的他，說起上週自己許久沒見的母親的衰老。說完後他豎起一根手指說。「啊，另外還有一件事。」

返鄉時他到老家附近那條河邊散了步。小時候河裡有很多魚在游泳，現在都看不見了。心裡懷著幾分惆悵望著河面，放在外套口袋的手機響了。按下通話按鍵把手機放到耳邊的那個瞬間，手一滑，在濕潤草地上滾了一圈後，手機掉進眼前流動的河裡。他茫然望著漸漸離自己愈來愈遠的手機，想起以前好像也有過類似的經驗。把重要的東西掉進河裡，這已經是第二次了。

他在電視上說完這件事後的隔天，七瀨小姐在國道邊的居家用品店裡買了鋤頭。

這個鎮上旱田很多，露美她們對於農具也並非一無所知。她們發現七瀨小姐買的鋤頭形狀很特別，這鋤頭底面開了幾個洞。一問之下才知道，這是打掃水溝專用的鋤頭。

「好輕喔，要拿拿看嗎？」

遞到手上的鋤頭驚人地輕。真的耶，好輕，露美她們說著，像接力棒一樣傳著鋤頭，傳了一圈之後再次回到七瀨小姐的手上。距離他把手機掉到河裡那天已經快經過一星期了。七瀨小姐把特別長的握柄部分扛在右肩上，挺胸開始往前走，露美她們也跟在她身後。

這是梅雨空檔間的一個晴天。「好像很久沒有踏上乾燥的柏油地了。」所有人聽了七瀨小姐這句話都點點頭。她們在沒有車子經過的十字路上排成兩排筆直前進，右邊有一塊褪色的養魚園招牌。距離七瀨小姐住的公寓走路大約十分鐘左右的地方，就是以前撈起他運動鞋的溝渠。

溝渠寬度約兩公尺，最近流速快、水量也經常增加，今天算是挺穩定的。水溝兩邊長了茂密的雜草。伸出一隻手摸摸有沒有濕後，露美她們並排坐了下來。

七瀨小姐嘎嘎踩著木板橋到了對側，隔著水流站在露美她們對面。放下肩上鋤頭後她立刻把鋤頭前端唰地一聲劈進水面，迅速一刨撈起溝底淤積的黑色汙泥。咚咚，把汙泥塊打落在雜草上，再用穿了健康涼鞋的腳從上面踏開踩平。

長年沉澱的汙泥塊中，並沒有藏著任何貴重的東西。

但這只是第一撈。具有黏性的黑色汙泥四處飛濺，健康涼鞋前端露出的腳尖髒了，可是七瀨小姐一點都不在意。她再次握好鋤頭握柄插入水流中，這次她先仔細感受了一番在水底攪動後，才使盡雙手力量撈起比剛剛更多的汙泥。用力甩在草上，汙泥發出骯髒的聲音往四面八方飛散。不只指尖，連白色T恤肚子附近和常穿的淡粉紅裙子裙擺都被沾上了汙漬。她也沒打算擦，這次改用鋤頭底部壓扁泥塊，在草地上壓平。第二次撈起的汙泥裡也沒有他的手機。

重複幾次同樣動作後，她停下動鋤頭的手。抬頭看著天空，用空出來的那隻手咚咚敲著自己的腰。

「好累。」

說著，她把鋤頭放倒在草地上，當場蹲下來面對著並排坐在對面溝邊的露美她們：「肚子餓了呢。」

「餓了餓了。」

「差不多該回去了吧？」

「回去？就這樣放棄了嗎？」

「我不覺得一天就能找到啊。」

「也對。」

「從一開始就有心理準備，知道會是長期戰。」

「嗯。」

「使盡全力找，如果還是找不到只好跟元氣道歉了，也有可能發生奇蹟的啊。」

「嗯。」

「元氣說，手機不在他很困擾，要我無論如何都要找出來。」

「嗯，我懂。」

那天並沒有找到他掉的手機。出勤時間快到時，七瀨小姐說了聲反正明天還要來，便把鋤頭放在溝渠邊站了起來。

隔天也是個晴天。露美她們來到跟昨天一樣的地方時，七瀨小姐已經開始動手了。她脖子纏著毛巾，臉上閃著汗水。裙子跟昨天一樣，裙擺都染黑了。腳邊跟昨天不一樣，黑亮的橡膠長靴看起來像新買的。雙手緊握著鋤頭握柄，蝴蝶袖下的脂肪搖晃著。伸出手，正打算把開了孔的鋤頭底部放到水面下時，發現了從左邊走過來的露美她們。

「啊，早安。」

「早啊～有收穫嗎？」

「剛剛挖起一塊很大的泥塊，不過什麼都沒有。你們看這個。都是石頭還有空罐。這條河真髒。」

「哇！真的耶。」

七瀨小姐用橡膠長靴包覆的指尖輕輕踢了踢被壓扁的空罐。她的表情蒙上一層暗影。

「我今天早上突然想到，元氣的手機說不定已經沉到海底了。」

喔～。低頭看著滾落草地上的空罐，露美她們也跟七瀨小姐做出一樣表情附和著。

「但是也有可能在更上面的地方卡在大石頭的裂縫裡啊。」

「嗯。」

「或者有可能今天剛好流到這裡來啊。」

「嗯，也對。」

「我不想放棄。」

「沒有人要你放棄啊。」

「那是塞滿你們兩人回憶的手機不是嗎？」

「是他拜託七瀨小姐找的吧？」

「我們大家都替你加油。」

七瀨小姐露出了笑臉。

「好，謝謝。啊，會弄髒的，小心一點。你們到那邊去吧。」七瀨小姐趕著露美她們到昨天一樣的地方坐下。

眾人看著她幹活一陣子，一個推著嬰兒車的媽媽經過。嬰兒對露美她們伸出肉肉的小手。本來以為會直接經過大家後方的嬰兒車停了下來。

「你好。」

彎起嘴角微笑的短髮媽媽，帶著跟嬰兒一樣形狀的帽子。是白色看起來很柔軟的材料。帽緣上裝著紅色緞帶。

「你好啊。」

露美她們異口同聲地打了招呼。

「打掃嗎？」

「嗯，對啊。」

嬰兒嗚哇地叫了一聲。

「小寶寶～」

「好可愛呀。」

「像小雞一樣。」

嬰兒一笑媽媽也笑了：「請加油啊。」媽媽說著，視線越過露美她們頭上瞥了對面一眼，然後再次推著嬰兒車往前走。一邊哼著聽起來像搖籃曲的歌，一邊往上游慢慢前進。風把連衣裙吹得膨起。水藍色連衣裙的裙擺下露出了媽媽的大腿內側。

「找到了！」

露美她們被突來的叫聲嚇了一跳，眾人一起再次轉向正面。

「搞錯了，是計算機。」

她們再次扭頭看向那位媽媽。

媽媽跟嬰兒往前走了一陣子，在一間面人行道的獨棟房屋前停下腳步，是最近剛完成的新房子。整個房子並不大，不過上面卻有個醒目的大屋頂。屋頂是用藍色洋瓦砌成的。站在屋頂的鳥形黑影當風一吹就會轉個不停。玄關前種的是跟屋頂一樣顏色的繡球花。半圓筒形白色郵筒下方裝有腳柱。每次經過這戶人家前大家都好奇地心想，到底哪裡會賣這種郵筒呢？國道邊的居家用品店裡沒有賣。

不知道是誰從口袋裡掏出家裡帶來的一包花生。大家一起抓著花生吃，正在對面水邊跟汙泥格鬥的七瀨小姐也發現了。

「花生啊，真好，我肚子也餓了。」

說著這些話的七瀨小姐雙手都被汙泥染黑了。其中一個人站了起來，朝著距離約兩公尺遠、七瀨小姐張開的嘴巴，由下往上高高拋起丟出一粒花生。花生在空中畫了一道弧線，打在七瀨小姐臉頰上後掉進水流中。第二個人丟出的花生打在額頭，第三個人的花生打在鼻子上。第四個人的終於像被吸進去一樣，進了大大的嘴裡。

七瀨小姐喀啦喀啦咬碎花生，說著：「嗯，好吃。」

就這樣，依然沒找到他的手機，過了幾天後某個傍晚，開店前在陰暗舞台上結束了舞蹈課的露美她們，手拿著果汁一邊談笑一邊打開休息室的門。坐在折疊鐵椅上的經理正呼出香菸的煙霧瞪著班表，坐在他對面的是七瀨小姐，穿著T恤跟粉紅色裙子。開店時間快到了，她還沒有換好衣服。

「不行啦，上星期才剛走了兩個人啊。」經理把菸灰彈落在鋁製煙灰缸裡這麼說。

「還請您務必盡量幫幫忙。」

七瀨小姐把雙肩往中間聳，攏緊了胸間對經理深深低下頭。

「不行，你不在我很麻煩的。」

這一瞬間露美她們以為七瀨小姐打算辭掉店裡的工作。但並不是，她們很快就發現自己誤會了。

「請讓我請假。」七瀨小姐說。

「不行啦。」

「只有一天也好。」

「我不是說了嗎？這星期的人數已經很緊繃了，班表你也看到了吧？不行就是不行啦。」

經理站起來。他粗暴地捻熄了還沒有滅的香菸，穿過露美她們身邊離開了休息室。班表還放在桌上。這星期七瀨小姐的休假應該是星期四和星期六。的確週休了兩天不是嗎？有人提起這件事，七瀨小姐很歉疚地低下頭。

「為什麼？」

「是沒錯。不過除了星期四和星期六以外，我還想再多休一天。」

「星期四和星期六是休診日。」

「休診日？」

「這兩天醫院不看診。」

「這我知道，你要去醫院啊？」

「對，去看皮膚科。」

「還好嗎？哪裡不舒服嗎？」

「這個。」

七瀨小姐掀起T恤下擺給前輩們看，她進這間店時就一直沒有消除的蟲咬痕跡。

那一天工作結束後，露美她們把一個新人叫到後門旁邊的垃圾場。店後方的小巷弄只立著一盞路燈，很久以前燈泡就燒壞了。隔壁大樓窗口露出來的光，微微照亮著寫在塑膠桶蓋上的「廚餘」兩個字。

新人比露美她們晚幾分鐘出來。打開通往後巷沉重的門扉探出頭的新人，好像並不知道自己為什麼被叫出來。她連一句「抱歉來遲了」也沒說，盯著緊皺著眉的露美她們的這一張張臉，不客氣地問：「幹嘛？」

看來很有必要從對長輩的基本禮貌教教她，不過這個新人其實才十六歲，謊稱自己已十八歲才進到店裡工作。還是個孩子。

「抱歉啊，突然叫你出來。」

露美她們並沒有想嚇唬對方或者硬逼對方屈服。只是想稍微提醒一下而已。再這樣故弄玄虛也不是辦法，其中一個人往前跨出一步：「我問你，七瀨小姐那個蟲咬的痕跡。」

「啊？你在說什麼？」

「我說七瀨小姐側腹上啊，大概就在這附近，不是有一個蟲咬的痕跡嗎？」

「蟲咬？有這種東西嗎？」

「你在裝傻嗎？」

「那是什麼？我真的不知道啊。」

露美她們看了看彼此：「……所以不是你吧？」

「你們到底在說什麼？」

「不是就好，那沒事了你走吧。」

「等一下，到底是什麼事啊？」

「不是說沒事了嗎？你快走。再見，晚安。」

新人離開後，露美她們無言地各自坐在巷弄路邊並排的水泥磚或塑膠桶蓋上。大家都從口袋裡掏出香菸盒，接連發出百圓打火機簡短的喀喳點火聲。幾聲嘆息和一起吐出的煙霧混著夜裡的濕氣，飄在狹窄的巷弄裡。

之前大家就經常說起，七瀨小姐側腹那個紅色圓形不是蟲咬的痕跡，而是乳頭吧。但是沒有人會在她本人面前說。畢竟這關乎個人身體，而且七瀨小姐自己也深信這是蟲咬、只要持續塗藥膏總有一天一定會消失。但是卻有人跑去七瀨小姐的置物櫃貼了一張手寫便條紙寫著「你那個叫副乳，不去醫院動手術是絕對治不好的，絕對！」便條紙是處處可見的正方形白色紙張，用的筆是黑色原子筆，除此以外沒有任何線索。雖然知道一定是在店裡工作的女孩，但人數這麼多，光靠這些文字也難判斷是誰。

應該是新人吧。那個新人之前就對身為前輩的七瀨小姐很沒禮貌。她會遠遠指著七瀨小姐哼聲笑著說：「那個人到底幾歲了啊？」看到七瀨小姐為了確保所有人都拿得到親手準備的大量飯糰，她會斷然拒絕：「我不用，肚子一點都不餓。」最過分的是她還會說：「可以不要再說那條河的事了嗎？」明明是她自己問起跟春元氣怎麼認識，竟然還說：「什麼啊？怎麼這麼無聊。」露美她們代替當時閉上嘴不再說話的七瀨小姐繼續把那條河的故事說完。其中也有些記不太清楚的地方，她們還數度跟就在旁邊的當事人確認，是這樣吧？大致上應該都對，所以當她們問起，七瀨小姐就會點點頭說：「對。」又隔了一天，有人拿來家裡的縣區地圖和空照圖，想證明給那個新人看流過他老家附近的河跟七瀨小姐家附近的溝渠確實相連。新人有氣無力地「喔」了一聲，然後挑釁地說「所以呢？」

如果犯人不是那個新人那會是誰？她們舉出了幾個可疑的人名，可是也有人認為，就算現在找出犯人也已經太遲了。事實突然被丟到眼前，七瀨小姐似乎受到很大的打擊。她們拍拍七瀨小姐沮喪的肩膀，一直安慰她沒必要切除啊，手術還得花錢呢，而且也沒那麼醒目，再怎麼看都只覺得是蟲咬的痕跡呢。七瀨小姐依照露美她們的建議在左側腹貼了OK繃，不過到了店裡繁忙的時段，身體的汗水會讓OK繃其中一端脫落，在側腹上拍呀拍地飄動。

隔天工作結束後，看到那個目中無人的新人跟七瀨小姐在更衣室交談，大家都有點意外。

可能是因為年齡相差太多，或是七瀨小姐太遲鈍，她微笑地對在旁邊換衣服的新人說：「你十六歲啊？真年輕呢。」她問道：「還是高中生嗎？」

「不是。」新人回答她的聲音冷淡到了極點。本來以為對話在這裡就會結束，沒想到新人反問：「說到這個，那七瀨小姐今年多大啊？」「說到這個」這幾個字聽在露美她們耳裡覺得根本是故意的。她明明就知道。

七瀨小姐回答：「這是祕密。但是明天我又要長一歲了。」

聽到這句話原本默默在換衣服的露美她們也抬起頭。

「喔，真的嗎？」

「我都不知道。」

「恭喜耶。」

「生日快樂，七瀨小姐。」

謝謝、謝謝。七瀨小姐笑著對大家低下頭。不好意思啊現在手邊只有這個。有人給了七瀨小姐一顆糖。之後其他人都各自開始在置物櫃和包包裡翻找。吃了一半的巧克力、條狀糖果、買瓶裝飲料時送的贈品、垃圾。沒一樣正經東西，但七瀨小姐還是說著「謝謝大家的心意」開心地收下了。之後所有人一起合唱「生日快樂歌」。露美她們放開聲音高聲唱，好像想要消除掉在一旁默默繼續更衣同時側眼看著這幕光景的新人的存在。謝謝、謝謝。唱完之後七瀨小姐一直向大家低頭致意。連沒有祝福她的新人也是。有人拿起原子筆當麥克風，問她：「生日有什麼計畫嗎？」她回答：「就跟平時一樣過啊。」

這時剛剛還蹲著扣涼鞋繫帶的新人突然站起來，打量著七瀨小姐的臉：「喔~？是嗎？沒有要當天來回東京嗎？」

更衣室有短短一瞬間陷入寂靜。新人繼續說：「那太可惜了吧。難得過生日，明天怎麼不跟男友一起過呢？」

語氣裡很明顯飽含著惡意。露美她們正想說些什麼，七瀨小姐先開了口。

「很遺憾，明天他沒有空。」

那當然啦。露美她們都點點頭。從早到晚有那麼多電視節目的他，怎麼可能配合女友的生日剛好能休假呢？

但新人還不肯罷休：「那後天呢？」她又問。

「後天也不行。」七瀨小姐回答。

正要開口問大後天的新人這才注意到露美她們銳利的視線。她吐了吐舌頭，快速轉了半圈回頭面對自己的置物櫃。

「下週會去。」七瀨小姐說：「元氣說下週他會有空。」

「喔～」新人一邊從置物櫃裡拿出一個小包包：「真好耶。祝你們玩得愉快啊。」

「嗯。」

靜靜關上置物櫃鎖好門，新人沒有轉向前輩們，說了聲：「那我先走囉～」像突然想起來有什麼事一樣快步離開。對著她背影說著辛苦了的七瀨小姐，表情看不出任何變化。拿出置物櫃裡揉成一團的T恤攤開來，跟平時一樣從頭套下。

不停跺腳覺得不甘心的是露美她們。她什麼意思！？那什麼態度啊！新人那張臉很明顯在嘲笑七瀨小姐，她聲音顫抖就是忍著不笑的證據。不可原諒！有人高聲大叫。

「七瀨小姐！」她抓住正縮緊小腹要扣上裙鉤的七瀨小姐肩膀：「七瀨小姐，我們都站在你這邊！」

雙手放在裙鉤上，七瀨小姐一一看著前輩們的臉，彎起嘴角說：「謝謝。」

「你下週要去東京對吧。」

對。七瀨小姐回答。

「不用帶禮物給我們。」

「好。」

「還有照片，絕對不要拍照。」

「好。」

「對了！去東京之前，如果能找到他的手機不是很棒嗎？」

「啊！我也正在想一樣的事！」

我也是我也是，大家你一句我一句地搶著說：「我們想的事都一樣呢。」說著，大家都笑了。

「就這麼決定！就這樣囉。七瀨小姐，明天起我們要開始認真了。」

「啊？」

「我們也會替你加油，看要不要擬個作戰計畫。」

「作戰計畫嗎？好。」

「決定了。那明天早上我們老地方集合喔。」

「好。」

「不要睡過頭喔。」

「好，我知道了。」

那先這樣喔，晚安。大家對彼此道了晚安，在後門前分別。

三天後，站在水邊的七瀨小姐腳邊有個套了塑膠袋的塑膠垃圾桶。一看，裡面堆滿了黑色汙泥。

「從前天開始的。」七瀨小姐說。昨天和前天從早上就開始下著濛濛小雨，所以露美她們沒過來看。一問之下才知道這就是她的新作戰計畫。

她把之前撒在草地上的汙泥先丟進塑膠袋裡，然後用小鏟子攪拌確認裡面是否有手機，不管有沒有收穫都會把袋子裡的東西先帶回自己公寓去。這麼一來就不會弄髒水溝和溝渠附近，要是覺得不放心，丟到垃圾場之前還可以再確認一次袋裡的東西。

「七瀨小姐還考慮到周圍，真是太了不起了。」

七瀨小姐熟練地將撈起的汙泥丟進垃圾桶裡。「只是突然想到而已啦，我想說既然都撈出來了。」

她臉上寫著幾分得意。跟之前她聽到露美她們說起，好像因為七瀨小姐開始找手機所以溝渠的水也變乾淨了呢的時候表情一模一樣。因為七瀨小姐幾乎半步不離之前撈起他運動鞋那個地點，實際上流經溝渠的水雖然不可能變乾淨，但七瀨小姐常站的這個區間跟幾星期前相比，那種水溝特有的惱人臭味確實變淡了。水底的顏色也從漆黑變成深綠色。

考慮到天候問題，沒辦法每天都來，但既然已經宣稱要盡量陪在七瀨小姐身邊替她加油，露美她們也會像這樣盡量來水邊。早上揉著惺忪睡眼打開電視確認本日的紫外線指數。照著鏡子在臉上塗抹防曬霜後，確實會想梳個頭至少畫個眉毛再出門。這鎮上僅有一間的便利商店，打工店員長得挺帥的，不免會多注意打扮。今天也一樣在那裡會合，除了果汁和香菸之外，還買了七瀨小姐喜歡的花生。

七瀨小姐對露美她們張大了嘴巴就是「給我花生」的暗號。大家會輪流挑戰，不過幾十顆當中最後丟進嘴裡的只有五顆左右。把空袋子揉成一團，七瀨小姐再次大大張開嘴。「抱歉啊，已經沒了～」她聽完後一臉失望地重新握好鋤頭的握柄。

「對不起啊！」

「沒關係，不要緊。」七瀨小姐這麼說，但看來下次來的時候還是買兩袋備用比較好。除了大量的花生，也想好好送她一份生日禮物。至於要送花、食譜還是隨身鏡，有過一番爭論，但是在這天回家路上所有人的意見終於一致。大家都看到那些彈到身體和臉上後掉進溝渠的花生。七瀨小姐用鋤頭撈著水面、想撈起流走的那些花生，但這種清潔水溝專用的鋤頭底部開了許多孔洞，所以一顆都撈不起來。這種時候如果有隻網眼細密的網子一定很好用吧？

梅雨季節一結束店裡就開始忙了。每年都是這樣，但今年因為氣溫急遽上升和人手不足，進入七月之後幾乎忙到沒時間喘息。尖峰時期連經理都得挽起襯衫袖子出來幫忙。不穿輪滑鞋的七瀨小姐不用參加每週一次的舞蹈課，但是必須稍微早一點到廚房幫忙備料。光是簡單彩排就熱得全身大汗的露美她們，收到七瀨小姐瞞著主廚偷偷送來的冰淇淋或果汁都開心極了。

端著托盤的七瀨小姐走近舞台時，會暫停音樂稍作休息。

七瀨小姐把可樂、茶、水、柳橙汁、香草冰淇淋一一給大家。之前大家在便條紙寫上喜歡什麼東西交給她，之後她幾乎沒弄錯過。大家用毛巾擦著額頭的汗水，對七瀨小姐說謝謝，其中只有一個人什麼也不說。那個目中無人的新人把自己做的特別飲品裝在附吸管容器裡帶來，站在跟前輩們稍有距離的地方，一個人自顧自地解著渴。

這天七瀨小姐特地多拿一碗冰淇淋走到新人身邊。

「要不要吃冰淇淋？」

七瀨小姐抬頭看著站在比自己高一階的地方倚在牆上的新人。

「不要。」

如同預期的回答。最近這個新人對七瀨小姐沒禮貌的態度愈來愈變本加厲。前幾天露美她們看不下去說了她幾句，她只是裝傻說道：「有嗎？我一直都這樣啊。」──不，你從上星期五開始這樣的，新人兩頰上罕見地浮現些微慌張的神色。「再掩飾也沒用，我們都看得很清楚。」露美她們進一步逼問，新人低下頭，對她們坦白。

那是距離七瀨小姐生日過了一週左右的星期五。那天休假的新人，下午出門到鎮上的小美術館去，簡單買完東西後在傍晚六點半左右回家。看到坐在公園長凳上餵飼料給鴿子的七瀨小姐，是她走向車站途中大約下午一點多，還有回家路上的傍晚六點前。雖然對她一直待在同一個地方維持同一個姿勢覺得很傻眼，不過此時應該在東京約會的人還待在鎮上，這件事她倒不驚訝。「對，我從一開始就不相信她。」她冷著臉說。但是從那之後，每次看到七瀨小姐她就顯得更加不耐煩：「那個人真以為自己說這些謊話不會被拆穿嗎？」

露美她們盡量柔聲說給新人聽。

「其實你看到七瀨小姐的隔天，七瀨小姐跟我們說了她在東京發生的事。說男友在家裡親自為她下廚，菜色有沙拉、咖哩還有優格。還有……」

「夠了。」新人噘著嘴：「前輩你們人也太好了吧。」

「是嗎？」

「就是啊。我才不想陪她演戲，頭都要痛了。」

說到這裡新人就離開了，話題也就在此中斷。這無所謂，但是所有人一致認為她應該改掉對七瀨小姐那些無禮的態度。

儘管新人跟平時一樣拒絕了七瀨小姐慰勞的點心，七瀨小姐好像並不在意。她把裝了冰淇淋的容器放在新人腳邊，說了聲：「趁還沒融化快吃喔。」就回廚房去了。

欸，我說你啊！前輩們的叫聲讓正用冰冷視線低頭看著香草冰淇淋的新人抬起頭來。

「你這個人連句謝謝也不會說嗎？」

「謝謝。」

「不是對我們，要對七瀨小姐說。」

新人偏著頭把吸管放到嘴邊。目前為止還沒看過這個少女正常展現出一次笑臉。我們叛逆期的時候應該也沒這麼跩。露美她們同時嘆了口氣。看這個樣子應該說什麼都沒有用吧。暫停的音樂再次開始播放。沒有人做出故意衝撞或絆倒別人這種野蠻的行為。直到開店前五分鐘，大家都埋頭默默跳舞。

七瀨小姐向男友坦白沒找到手機，是在吃完咖哩飯、正將點心的優格送進嘴裡的時候。隔著桌子面對面坐著的他，聽完七瀨小姐的話後溫柔地微笑說：「謝謝啊，不用再找了。」

啊？不用找了嗎？露美她們在休息室裡問起，七瀨小姐露出有點落寞的表情回答：「對。」要放棄嗎？她說：「可是元氣都說不用找了。」表情更加落寞。之後她又加上一句：「他對我說，掉幾支手機都無所謂，只要你在我身邊就好。」

露美她們慢慢看了彼此一眼。然後大家開始扭扭捏捏。這下糟了。怎麼辦呢？你說該怎麼辦？

「請問……怎麼了嗎？」七瀨小姐問了之後，她們遲疑半晌後決定拿出藏在折疊鐵椅下的橘色紙袋。買的時候本來裝在有居家用品店商標的塑膠袋裡，她們自己又重新包裝得漂漂亮亮。

「雖然遲了幾天，但是祝你生日快樂。這是我們大家送你的。」說著，她們有點猶豫地遞出禮物。

七瀨小姐打開紙袋看看裡面：「這是……」

「不需要了對吧？現在已經沒用了呢。」

七瀨小姐一度伸進袋裡的手移到紙袋邊緣，她緊緊捏著紙袋抬起頭來。然後又馬上低下頭。

她承受著坐在自己面前一字排開的前輩們的視線，低著頭說了些什麼。聽不太清楚。

「什麼？抱歉你再說一遍。」

謝謝，我很開心。她這麼說。這次聽到了。

「喔？真的嗎？」露美她們問。

「對。」

「很開心嗎？」

「對。」

「你會用嗎？」

會。七瀨小姐回答。

因此，到了八月，沒有撐陽傘、戴手套、擦防曬霜等任何防曬措施的七瀨小姐曬得黝黑。再加上溝邊沒有高的建築物，太陽的熱度會直接灌注在肌膚上。被汗水沾濕緊貼在身體上的T恤還有穿了一整年的粉紅色裙子，打扮沒有太多變化，但是技術愈來愈純熟了。

七瀨小姐現在可以說是掃溝專家。她打算一點一點朝下游方向擴大清掃範圍。現在她手邊有兩把專用鋤頭。最近剛買的那把前方呈鋸齒狀。看到七瀨小姐在賣場猶豫，露美她們建議這個可以用來收集河底的沙粒，如果有麵類流過也能迅速撈起，應該很方便。

撿空罐時用火鉗，附近養魚園生病的鯉魚流下來時，跟以前一樣用捕蟲網。有一次以為是短的軟管，結果撈起一隻在游泳的蛇。她尖叫一聲把蛇和網子都丟到空中，蛇差點掉到坐在水邊的露美她們頭上。大家一起出錢送她的網子，用來撈飯粒或菜屑等家庭廚餘也很好用。廚餘跟鯉魚或蛇不一樣，再也沒有這麼頻繁流過來的東西了，而且還是從距離七瀨小姐所在地不到幾十公尺的上游流過來的。裝廚餘的三角形瀝水籃跟屋頂的顏色一樣是深藍色。

七瀨小姐把從自家扛來的道具放在草地上時，年輕媽媽從玄關探出頭來。走過那個看似外國製的白色郵筒旁，筆直往前走的媽媽，身上總是穿著淡色的及膝連衣裙。梅雨季節繡球花開的地方，現在盛放著巴掌大小的向日葵。

媽媽又白又細的雙腳橫切過沒有人聲的道路，停在流過家門前的溝渠旁。她很習慣地彎身，先把瀝水籃高舉到過肩，再奮力往下一甩。她重複了這個動作兩次。刷刷！暢快的聲音乘著夏日的風也傳進了露美她們的耳裡。之後聽到的鏮鏮鏮是瀝水籃敲著溝渠邊緣的聲音。為了連一顆米都不要留下，最後會把手上的瀝水籃在水面上划過一下。直起身，沒有拿瀝水籃的那隻手遮在眼睛上方。太陽光讓她瞇起了眼，仰望正前方新蓋好的自家。應該是在想，幸好選了藍色屋瓦。沒有車輛經過的跡象。媽媽沒有確認左右來車，跟來的時候一樣大步筆直往前走。媽媽的手還沒放到玄關門的把手上，沖下的廚餘就已經來到七瀨小姐眼前。

七瀨小姐做好了準備。她蹲得極低，但立起其中一隻小腿確保隨時方便變化姿勢。她把右手的網子握柄換到左手。把被汗沾得濕滑的手心在裙子上仔細擦乾後，再把網子從左手換回右手，擺好陣勢。這期間她的雙眼裡只看到從上游漂下來的廚餘。七瀨小姐的右肘忽然上下動了動。曬得黝黑的手臂瞬間伸直，然後像樹枝一樣大大彎曲。沒有濺起大片水花。看起來只是掠過水面的網底，確實捕捉到一把飽含水分的米粒。隔了一點時間後漂來了蔬菜皮。橘子皮流到七瀨小姐所在地隔著溝渠的對面水邊附近。為了能確實撈到，七瀨小姐從彎身的姿勢瞬間直起身來縱身一躍。當她越過空中在露美她們眼前落地時，橘子皮已經進了手中的網子裡，手法實在俐落，一氣呵成沒有半點多餘動作。大家自然地鼓起掌。七瀨小姐維持前彎的姿勢，只扭頭把臉朝向在背後發出歡聲的露美她們。太厲害了！精彩！跟忍者一樣。花生被拋出去。

傍晚，經理突然在開店前大聲自言自語起來。瘦了呢。是吧，瘦了吧。

喂！

「喂！」

正專心用布巾擦拭著排在吧檯上那些湯匙叉子的露美她們，被拍了十多下肩膀才終於發現。她們轉向經理指的方向，前方是七瀨小姐的背影。有人先說：「哇，真的耶。」

可能也因為曬黑了，七瀨小姐的身體比以前感覺更緊實了。即使工作到深夜，她還是每天早上九點半醒來，扛著打掃用具到溝邊，這樣的生活挺耗體力的。當然要陪伴她也不是件容易的事，不過露美她們當中沒有一個人瘦下來。有沒有活動身體還是很不一樣。前輩們看在眼裡都知道，七瀨小姐在用鋤頭挖汙泥的工作中找到了價值。「我並不討厭。」這是她自己說的。如果可以順便減重那更是一石二鳥，不過副作用是上午耗了太多力氣，下午開始腦袋就不太靈光。

比方說上星期三，完成每天例行的水溝打掃工作後，七瀨小姐走進廚房要準備早餐。早餐完成前聽到正午的報時鐘聲，他出現在電視裡。

開始了。元氣出現了。你看，正在對七瀨小姐揮手呢。今天可能會有飛吻跟眨眼喔。如果露美她們沒有大聲叫喚，七瀨小姐應該會一直用長筷戳著鍋裡煮滾的白色雞蛋吧。她就是恍神到這個地步。

「因為男人嗎？」經理問露美她們。大家笑著點點頭，他垂下肩離開了。

注意到七瀨小姐變化的不只經理一個人。在店裡工作的其他女孩也紛紛問：「不覺得最近那個人有點陰沉嗎？」不過她們嘴上八卦八卦也就滿意了。露美她們就不同了。

店裡過了繁忙期，又恢復到跟平時差不多的熱鬧程度，除了週末幾乎沒有坐滿的時候。在夏日尾聲的一個晚上，這天是星期一，最後點餐的晚上十一點半時店裡只有三個客人，經理決定讓大家先下班。眾人正在休息室喝咖啡、抽菸，熱鬧討論著等等要不要到哪裡去。很久沒能提早下班，大家心情都有點嗨，只有七瀨小姐一個人呆站著喝光自己的飲料，說了聲：「我先走了。」離開了休息室。

她這麼有氣無力，應該不是因為打掃太累的關係吧？其中一人提出的這個問題大家都點點頭。

「她怎麼了啊？跟男朋友吵架了嗎？」

很有可能。以前兩人也曾經因為他打來的電話次數減少而吵過架。當時七瀨小姐來找她們商量：「他可能有外遇了。」說著，她大口大口灌下啤酒。一定是因為太忙了啦，別擔心別擔心。露美她們這麼說著，拍拍七瀨小姐的肩鼓勵她。說起來也已經是一年多前的事了。廉價居酒屋一角，露美她們皺著臉勉強喝下當時還不太會喝的啤酒。到頭來他並沒有出軌。七瀨小姐這麼說。她說兩人又和好了。

她們並沒有問七瀨小姐之後他打電話來的次數有沒有增加。也沒看過她打電話。七瀨小姐覺得，身為後輩的自己怎麼可以在沒有戀人的前輩們眼前跟藝人男友親暱說話。

「如果吵架了，那這次的原因會是什麼啊？」

「訊息變少了，之類的？」

「啊，有可能耶。」

「沒有啦。七瀨小姐沒有手機也沒有電腦啊。」

「也對。那會是什麼原因啊？」

「嗯……。」

「約會次數減少？」

「可能喔。」

以前總是主動說起跟男友的約會細節，最近除非周圍的人問，否則都不太說了。店裡的女孩有些人覺得有趣，很愛聽這些。這種時候露美她們就會陪在語帶遲疑講出「台場」「狗派」「很開心」等想到什麼就隨口丟出什麼單詞的七瀨小姐身邊幫忙解釋。話題觸及到兩個人性生活時，因為露美她們的努力聽眾往往會倍增。

「對了，最近也不太提向來最愛講的河的故事了。」

「該不會是冷了吧？」

「不是吵架，可能是倦怠期？」
「都交往十四年了耶，現在哪還有所謂倦怠期啊。」
「十四年？不是十三年嗎？」
「從二十三歲時開始，應該是十四年啊。」
「不是啦。他們二十三歲認識，開始交往是二十四歲。」
「是嗎？等一下，七瀨小姐！七瀨小姐！」
隔著休息室一片薄牆，隔壁就是更衣室。她們心想七瀨小姐應該正在那裡換衣服，便大聲叫了她，但是卻沒有回音。
「她走了嗎？七瀨小姐～」
「太好奇了，明天問問她吧。」
「我記得是二十四歲時開始正式交往的。」
「但是什麼叫正式啊？在廣播上被求婚不算正式嗎？」
「也對，那就是十三年。」

「十四年啦。」

「十四年喔。」

「不是十五年嗎？」一個稚嫩的聲音打斷她們。

所有人都轉向聲音的源頭。是新人。以為她已經走了，原來連衣服都還沒換。她單手拿著自己特調的飲料，正靠在牆上從休息室窗戶看著外面。

「不好意思喔，蟲子會跑進來，把窗子關上。」聽到前輩們的聲音她面不改色地照辦。緊接在鋁窗內框慢慢滑過外窗框的聲音之後聽到她說「可能是十六年」，但大家都假裝沒聽到。「十七年也可以。」

「……什麼？」

「啊？」

「你到底想說什麼？」

「沒說什麼啊。」

「那你在這裡幹嘛？」

「我走囉～。辛苦了～。」

新人往門的方向走去。走路方式看起來格外輕盈。不理會前輩們狐疑的視線，她瀟灑地開門離開。那什麼態度啊。話還沒說完，剛剛關上的門又打開了。新人從門跟牆的縫隙間探出半顆頭說：「七瀨小姐還在喔。」

七瀨小姐剛好換完衣服在鎖自己的置物櫃。

「你在啊？」

「對。」

「剛剛叫你了呢。」

「對不起，我沒聽見。」

「不用道歉啦。對了，七瀨小姐跟春元氣交往今年是第幾年啊？」

「十三、十四年。」

「知道確切年數嗎？」

「我想應該是十四年。十四年。」

「看吧。」

「不是吧，上次你說二十四歲開始交往的啊。」

「但是在廣播上被求婚時是二十三歲啊。對吧，七瀨小姐。應該是這樣吧。」

「對。」

「看吧。」

「真奇怪。」

「順序反了啦。被求婚的時候還沒看過彼此啊。對吧？」

「對。」七瀨小姐回答。

「你看。」

「是嚴冬吧。」

「對對對，在廣播電台前。」

「兩個人很快就認出彼此了呢。」

「對吧。」
「是這樣吧？」
「七瀨小姐？」
回答「對」的七瀨小姐臉色顯得不太好。
「怎麼了？身體不舒服嗎？」
「嗯，有點。」
「感冒了？」
「嗯，可能吧。」
「這樣啊，難怪你最近都沒什麼精神。」
喔喔，原來是這樣啊。大家總算知道原因了。
「我們剛剛才在擔心，最近七瀨小姐沒什麼精神，該不會是跟男朋友吵架了吧。」
「不是吧？」

「沒有吵架吧?」
「七瀨小姐?」
「七瀨小姐,你在聽嗎?」
七瀨小姐點點頭。
「那就好。不好意思啊,要回家了還叫住你。」
「對不起啊。」
「七瀨小姐對不起。」
「沒有,大家辛苦了。」七瀨小姐客氣地行了一禮,說道:「那我先告辭了。」又鞠了一個躬後轉身背向前輩們。跟剛剛一個人自顧自換好衣服、什麼也沒說就從大家身後溜走的新人完全不一樣。「等一下,七瀨小姐,我再問你一件事就好。」
被其中一個前輩叫住,七瀨小姐停下腳步轉過身。
「你跟男朋友還好嗎?」

聽到這個問題七瀨小姐稍微笑了笑，點點頭。「那我先走了。」辛苦了～。保重身體啊～。所有人排成一列對著離開更衣室的七瀨小姐背影揮手。

之後露美她們再次回到休息室，想像今後那兩個人的樣子。以結婚為前提的交往都已經十四年，那也差不多討論要不要登記結婚了吧？但他現在是炙手可熱的搞笑藝人，一定會遭受公司激烈的反對。最後兩人必須瞞著所有人偷偷去登記。雖然說是瞞著所有人，但她至少一定會告訴露美她們。到時候就買個蛋糕到居酒屋去開個小小的慶祝派對吧。雖然到時候並不會看到在東京有超滿行程的他出現。

既然是偷偷登記，那當然也不能一起住，會繼續丈夫在東京、妻子住在這個鎮上的生活。結婚之後也不會辭掉工作，因為喜歡。就像之前兩個人交往沒被發現一樣，分居婚姻當然也不會被媒體發現。七瀨小姐大概每兩星期會說一次要去東京吧。夫婦能見面就是這時候。住一晚或當天來回，沒有伴手禮也沒有照片。不需要。不管多久都不會懷孕。原因不在任何一方身上，單純只是因為七瀨小姐討厭小孩。大概就像這樣吧。嗯，還不賴。

不知什麼時候面前備好了便條紙和原子筆，負責記錄的人把今後可以預料到的事件和幸福新婚生活的景象寫在便條紙上。大家輪流傳閱時有個人說，從七瀨小姐告訴大家她登記結婚那天開始，就開始稱呼對方為春先生，為了怕忘記把這件事也寫在便條紙上。代表人站起來從頭開始大聲讀出寫下的內容，每個人都一邊聽一邊笑著點頭，最後所有人簡短拍手算是完結。

這是一份完美的未來年表。但是看到第二天早上的新聞時，大家都無比震驚。所謂晴天霹靂說的就是這回事吧。「知名搞笑藝人春元氣結婚。」

結婚的對象並不是七瀨小姐。

過了中午，露美她們聚在店裡附近的老咖啡館，看著昨晚製作的便條紙嘆了口氣。七瀨小姐看了今天早上的新聞嗎？她們無從確認。這天早上沒有人去七瀨小姐可能在的水溝邊。

店員來桌邊換了好幾次煙灰缸。請問要點餐嗎？好幾個人異口同聲地回答：「等一下。」之後又是一陣沉默。

店內播放著前年流行的情歌。忽然有人用有點類似擴音機裡那個高亢女主唱的低聲喃喃說道：「春元氣真是爛透了。」

所有人聽到這句話都抬起頭來。大家都這麼想。明明有七瀨小姐這個未婚妻，竟然還跟未成年偶像搞外遇。根據八卦節目知道的消息，春元氣跟某偶像因為共同參加電視節目演出，在一年前開始交往。一年前，不正好是七瀨小姐擔心他外遇來找大家商量的時期嗎！在那之後七瀨小姐說馬上解開誤會也跟他和好了，其實是偷偷開始劈腿跟偶像交往了啊。對方已經懷孕五個月。七瀨小姐說不定已經發現了。最近沒有精神大概就是因為這件事吧？為什麼不來找我們商量呢？七瀨小姐是被害者。

一個人砰地拍了一下桌子。

「好！既然這樣就去告春元氣不履行婚約。」

「對！或者要求他付分手費。」

「還可以去威脅他經紀公司社長，說我們要把事情暴露給八卦雜誌。」

桌邊開始鬥志高昂了起來。但是「這不太可能吧。」這句話又讓大家安靜了下來。沒有人對這句話有異議。說不可能的是新人。

「我覺得最好的方式就是別管她。」唯一不抽菸的新人為了避開煙霧，歪著身體坐在窗邊的沙發座位上。

「你幹嘛？為什麼跟來？而且還坐最舒服的位子。」

「因為有人叫我，我才來的啊。」

「誰？誰叫她來的？」

誰知道呢。不知道。大家都搖搖頭。

「放著不管總有一天又會突然出現新對象的啦。」新人說得好像自己很懂。

「所以我說小孩子不懂嘛。談戀愛哪有那麼簡單。」

「對七瀨小姐來說很簡單啊。你們想想看。其實不要是搞笑藝人也行啊，歌手、演員，或者一般人也可以。超自由的啊。」

「自由？你怎麼說話的。」

「難道不是嗎？」

不是！眾人同聲反駁。

「才不是！七瀨小姐對春元氣很專情的。」

「就是啊，你不要胡說八道。」

「那可是她喜歡了十四年的人耶。」

「那這個怎麼樣。」新人稍微把身體往前探：「七瀨小姐不跟春元氣分開，也就是決定開始地下情。」

「你這話是什麼意思？」

新人得意地看著前輩們的臉。

「聽好了，他們的外遇關係會持續三年左右。春元氣應該會說，我都是被我老婆下了套，其實我最愛的還是你。有一天他會跟那個當偶像的老婆離婚。之後七瀨小姐馬上成為下一任太太。」

「拜託，怎麼可能那麼剛好啦。」

「就是啊。萬一春元氣沒離婚怎麼辦？」

「只要七瀨小姐心裡認為他們離婚了就行了啊。」

「既然這樣一開始就不要跟什麼偶像結婚不就好了嗎？」

「話是沒錯，但是外遇比較有意思不是嗎？」

「什麼叫有意思？七瀨小姐可是很認真的。」

「對不起。」

「不過還是先記錄下來好了。」

「不管春元氣有沒有離婚，七瀨小姐自己可能沒發現還有地下情這條路。」

這邊是愛美子

「請務必要告訴她。」

「你神氣什麼？就算告訴她，實際上決定要不要採用這個點子的也不是你，是七瀨小姐她自己啊。」

「那她如果採用，一個人給我一千圓，怎麼樣？」

「為什麼會變這樣？那如果沒有採用，你就要給我們一千圓。這邊每個人都要。」

「可以啊，我很有把握。」

「話可是你說的喔。」

「對啊，是我說的。」

「真是不知天高地厚的傢伙。」

不過那天晚上過了上班時間，七瀨小姐都沒有出現在店裡。

「她說感冒了。」經理這麼說。

隔天早上到水邊去，也沒有看到七瀨小姐的身影。

沒有呢。新人問面面相覷的露美她們：「平常都在嗎？」

「嗯，平常都在。她每天早上都會來打掃水溝。」

「喔~果然是個怪人。為什麼要掃水溝？」

「她說她喜歡。」

「喜歡掃水溝？」

「嗯。……不對，等等，不對，本來是為了什麼？」

「手機啦。」

「對，為了找手機。」

「七瀨小姐有手機嗎？」

「不是七瀨小姐的，是他的。」

「他？你是說春元氣嗎？」

「對，春元氣的手機。」

這邊是愛美子

「七瀨小姐在找春元氣的手機？為什麼？」
「哪有為什麼，一定是春元氣拜託她的啊。」
「春元氣拜託七瀨小姐？」
「對，春元氣拜託七瀨小姐的。」
「……。」
「怎麼了？」
「沒有啊。」
「你笑什麼？」
「因為你們在笑啊。」
露美她們看看彼此的臉。沒有人在笑。
新人清了清喉嚨，重新調整好心情。
「不過她還真喜歡呢。」
「掃水溝？」

「不是啦，」新人又笑了：「我是說春元氣啦。」
「那當然啦。喜歡到讓骯髒的水溝變乾淨呢。愛的力量真是偉大。」
「撈廚餘的手法也變得很熟練呢。」
「嗯，還很講究道具。」
「喔～不管什麼人都會有擅長的事呢。」
「你有擅長的事嗎？」
「算擅長嗎？我喜歡畫畫。」
「很好啊，畫什麼樣的畫？」
「什麼都畫。風景、人物。」
「油畫？」
「水彩畫。」
「下次畫我們啊。」
「……可以是可以，怎麼有點嚇人。」

這邊是愛美子

「哪裡嚇人了？」

「沒有啦。」

從外面抬頭看，七瀨小姐家二〇一號房的窗簾緊閉。

「在睡覺嗎？」

「去按門鈴看看吧。」

她們輪番按了好幾次門鈴，也試著敲門叫她，但都沒有回音。

「會不會是去醫院了？」

可能吧。總之她們把帶來的便條紙插在門跟牆壁中間的縫隙。「希望可以採用。」新人對著門拍手合掌。

那天夜裡工作結束後在休息室聊天時，她們才發現夾在門上那張便條紙是錯的。其中一個女孩慌張地衝過來說。

「糟了！好像夾成另一張便條了。」

另一張是寫了大家在春元氣結婚新聞公開的前一天，一起討論決定的兩人美好未來藍圖那張便條紙。

「不會吧？」

「你在搞什麼啊？就是沒好好確認才會搞出這種事。」

「怎麼辦？對不起啊。」

「也沒辦法。明天七瀨小姐來上班時跟她道歉說弄錯了。」

可是隔天七瀨小姐也沒來店裡。「又感冒了。」經理不悅地嘆著氣：「真是頭痛，偏偏選在週末這麼忙的時候。」

隔天早上露美她們到便利商店買了花生去七瀨小姐的公寓。插在牆壁和門縫隙間的便條紙已經不見了。她們按門鈴、敲門叫人。七～瀨～小～姐～。但是什麼反應都沒有。她們把裝了花生的袋子掛在門把上，再把本來應該給她的那張建議地下情的便條紙，夾在牆壁跟門縫隙間。

「希望這次可以被採用。」新人拍手合掌。

七瀨小姐沒來店裡經過兩星期後，大家開始說起春元氣結婚這件事給七瀨小姐的打擊可能遠比我們想像的嚴重，說不定已經用日光燈垂下的那條長繩子上吊自殺了，各種揣測都有。不過經理說：「胡說八道什麼。」經理打電話去七瀨小姐家，確實是她本人接的電話，一邊咳嗽一邊說感冒還沒完全好，明天還要請假。

知道人沒死就放心了，但是七瀨小姐現在確實身心都很虛弱。大家在討論有沒有什麼方法能讓她振作起來時，忽然有人提了個好點子。對了，去見春元氣吧。

「要是看到真正的春元氣，就算死了七瀨小姐也會起死回生吧。」

所有人都贊成。這一天她們各自在便利商店買了一張附回郵的明信片。報名每人僅限一張。一人多張報名視為無效。她們還請朋友、店裡客人、家人親戚一起幫忙。希望參觀日是下個月初的星期三，希望人數、同行者所有人的姓名和電話號碼、代表人的名字和住址、電話號碼、收件人有沒有寫對，丟進郵筒之前又仔細確認了一次。

寄出明信片大約過了十天，其中一個人在郵筒裡收到了引頸期盼的通知。拿著這張通知，露美她們開心地前往七瀨小姐的公寓。按門鈴、敲門叫人。七瀨小姐、七瀨小姐，我們寄的明信片抽中錄影參觀了。可以去看真正的春元氣了。東京耶！可以去東京耶。七瀨小姐，你聽到了嗎？我把寫了時間和集合地點的便條夾在這裡喔。之後你再仔細看喔。

隔天經理告訴她們，七瀨小姐已經離開了這個小鎮。

事出突然，比起寂寞她們更覺得驚訝。經理說七瀨小姐回老家去了。

「怎麼這麼突然？」「要走怎麼也不打個招呼。」「偏偏就在馬上能見到春元氣的時候。」「不敢相信。」眾人一陣譁然，吵鬧到聽不見彼此的聲音。但是過去都沒聽說過她還有鄉下老家。

難得抽中的明信片露美她們不想浪費掉，最後她們決定自己去。經理遲遲不答應，說不可能讓這麼多人一起休假。這狹窄的辦公室，只要進來兩個人就會覺得空氣裡的氧氣濃度變得很稀薄。露美她們一個接一個依序站在經理面前請求休假，很有禮貌地鞠躬之後再次到隊伍最後方去排隊，不斷重複這個過程。錯身而過時額頭撞到別人額頭，一陣笑聲響起。被經理怒吼：「小心我把你們都炒了！」大家還是繼續笑。

真正的春元氣比電視上看到的更老。幾乎所有客人都叫他「小春」，其中只有一個人稱呼他「元氣」。仔細看看，是個年輕又可愛的女孩。

從東京回來後又過了一陣子，有一天露美她們壓低了聲音走在路上。抬頭看到緊閉的深藍色窗簾那個瞬間，大家都沉默下來。在樓梯前放下東西、脫掉鞋子。扶在生鏽的階梯上一階一階慢慢往上爬。維持著彎腰老嫗般的姿勢前進，所有人終於來到房間前，將一隻耳朵緊貼在單薄的玄關門上。

聽見音樂聲。星期三中午十二點，那首熟悉的主題曲。

七瀨小姐在裡面——。

沒有人去按門鈴。沒有人想去詳細探問之後她跟男友是變成外遇關係，還是又找到了新的情人。在門前輕輕嘆了口氣後，跟來的時候一樣的順序，眾人齊聲右轉離開了二〇一號房。在樓梯下穿好鞋，慢慢直起一直彎曲的上半身，用力伸了個懶腰。接著大家一起走向水邊。其中一個人興致勃勃地說要在太陽下幫大家畫人像素描。其他人溫柔地制止一到達地方就想從包包裡取出素描本的那隻手。

「好了好了，先吃午餐吧。」

野餐墊擺上各自帶來的餐點後份量還不少。每個便當都展現出大家早起的成果。在途中經過便利商店買了飲料和甜點。大家一起均攤，買了新上市巧克力點心的所有口味。眾人同聲一起拉開罐裝啤酒的拉環，為深秋美好的暖陽乾杯。在外面喝的酒總是感覺格外好喝，真是不可思議。

千鶴太太

附近住著一個叫千鶴的奶奶。

我偶爾會去千鶴太太家玩。一起午睡、吃零食、聽收音機、買東西，也會借用廚房做簡單的菜。

買東西時會去距離千鶴太太家最近的超級市場。自己去大概五分鐘可以到，跟千鶴太太一起的話單程要花三十分鐘。

千鶴太太沒辦法站直。她整個身體稍微向左偏。要是沒有步行推車，根本無法走路。累了她會緊握著步行推車的握把，差點要往左邊倒。途中休息一次，讓身體回到右邊，但過了兩秒後又慢慢慢慢地往左邊倒過來。

去程勉強還行。但是回程她通常中途就會累了，整個身體癱軟地靠在我胸前。我右手抱著千鶴太太的腰，左手拖著裝了購物袋的步行推車走著，工地大叔看到就會吆喝一聲，喲！大力士呢！真是丟臉。

「站直，千鶴太太站直。」

千鶴太太不聽我的話。

下雨天不能去買東西。因為千鶴太太不能撐傘。聽膩了廣播就會聽我從家裡帶來的英文會話CD。

今天心情好嗎？你叫什麼名字？你幾歲？你喜歡誰？不管用日文問還是用英文問，千鶴太太都不回答。全都由我代替千鶴太太用英文回答。

去超市途中有個兒童公園。

千鶴太太在公園前停下腳步，不厭煩地看著在玩溜滑梯和盪鞦韆的孩子們。

「樹生。」

這是千鶴太太唯一會說的單字。

「不是喔。」

「樹生。」

「不是，不是樹生。」

「樹生。」

「就跟你說不是了啊。」

樹生在千葉。

廚房桌上放著一本寫著「交接記錄」的筆記本。打開一看，寫著這些東西。

第一頁用紅筆寫著：「東海林太太有個叫樹生的孫子。樹生現在跟家人一起住在千葉，但她好像不理解這件事。所以經常會把附近的小學生認成樹生。外出時請小心注意。吉岡。」

如果在小學放學時間外出，就會遇到好幾個樹生。其中有些孩子聽到叫聲後還會對她揮揮手。這種時候千鶴太太也並不會特別開心。她只是像說夢話一樣，不斷重複念著那個名字而已。

千鶴太太家好像有人會出入。只是碰巧我去的時候都沒有人在。

還冒著蒸氣的馬鈴薯燉肉放在廚房餐桌上，已經不準的掛鐘不知不覺中又恢復到正確的時刻。即使在超市裡用了很多錢，下次去的時候皮夾裡又多了錢，新的一年月曆也換上了新的。

睡覺的千鶴太太肚臍上還曾經放了一顆蜜柑。我不知道為什麼會這樣。是有人進屋來放上去的嗎？也有可能是千鶴太太自己放上去的。蜜柑是超市買的那種，帶點綠、硬硬的蜜柑。

有一次我們兩個商量著要順手牽羊。那天冰箱裡空空如也，皮夾裡連一圓也沒有。犯案地點當然是常去的那間超市。

那間超市只有兩台收銀。我們決定看準新來打工店員在的時間去，偷紅豆麵包。一來是因為不管重量、大小，對沒力氣的千鶴太太來說都剛剛好，再者可能因為這間店上了年紀的客人多吧，紅豆麵包的種類比其他任何一間店都豐富。

到時我會背向監視攝影機，雙手拿著吐司麵包和法國麵包問，千鶴太太你看你看，要哪個好？千鶴太太假裝做出考慮的樣子，「哪個好呢？」其實正從下面一個一個抓起排在貨架上的各種紅豆麵包，砰砰砰丟進步行推車的袋子裡。

當然，這種事根本辦不到，也沒打算真的這麼做。這一天我們兩個人分著吃了供在佛壇前的蜂蜜蛋糕。

千鶴太太家玄關鑰匙藏在塞了很多石頭的藍色盆栽下。

那天我跟平時一樣開了鎖、進家門。

屋裡很安靜。

可能死了，每次都會這麼想。

「我開門囉。」

打開後面和室的紙拉門，探頭看看裡面。有股這個房間特有的味道。千鶴太太還在床上睡覺。

「千鶴太太，早啊。」

已經快十二點了。

「千鶴太太，起床吧。吃午飯了。我今天也帶了好東西來喔。」

窗簾是開著的。太刺眼了，我只把內層蕾絲窗簾拉上，然後又走到她身邊對她說。

「千鶴殿下。」

眼皮終於睜開了。但是不知道她在看哪裡。也沒有想從棉被裡起身的跡象。可能是因為睡前喝的藥，上午大概都是這種感覺。我抱起千鶴太太，帶她到廚房桌前。

「坐下。」

我從帶來的購物袋裡取出一個透明容器。

「你看，是蛋糕。」

兩個三角形的草莓海綿蛋糕。來的路上在超市買的。

「生日快樂。」

「……。」

「千鶴太太生日快樂。」

「……。」

咚！我右腳用力踩響了地板。千鶴太太在椅子上彈了一下，看了看坐在旁邊的我。好像終於清醒了。

「千鶴太太生日快樂。」

只找到一根叉子。

翻找餐具櫃時，一輛車正慢慢開進家門前那條狹窄的小路。我放棄找叉子，從流理台上的窗戶看著那輛車。

是計程車。裡面有三個乘客。前座是一個大媽，後面有一個大叔，大叔旁邊是戴太陽眼鏡的年輕人。

本來以為車子只是經過，但是它開始慢慢倒車，剛好停在這房子正前方。不妙。

我決定躲到壁櫃裡。手放在紙拉門上的那個瞬間，不知為什麼，突然有種想走出去不躲藏的心情。

但還是躲起來吧，就在我又改變心意時，玄關的拉門已經喀啦喀啦被拉開，我急忙打開離身邊最近的門，躲進去從裡面上了鎖。

「午安。」

「真是隨便，平常都這樣不鎖門的嗎？」

「又沒東西能偷。午安啊，媽～。」

「在睡吧？」

「打擾了。我來了。午安啊，媽，生日快樂。」

「好像很睏呢。」

「知道今天是什麼日子嗎？是你生日呢。你看這個，是鮮花，很漂亮吧。」

「媽，知道嗎？是你的米壽。」

「是米壽呢，媽。您真長壽。今天樹生也來了喔。」
「奶奶好久不見。」
「太陽眼鏡拿下來。」
「嗯，對。對啊媽，這是樹生。你不是很想見他嗎？怎麼樣？有沒有變帥一點？」
「你很吵耶。」
「好像還不夠帥喔。」
「煩耶。」
「在變帥的途中，哈哈哈。」
「好了啦。」
「媽，樹生前天去動了眼睛的手術。你看，這裡，現在變成雙眼皮了吧。」
「還有點腫。」

「給奶奶看清楚一點。」

「還在腫啦。」

「消腫要等兩個星期。不過看起來還不錯吧？」

「哪裡不錯了？這樣去參加選秀一定不會被選上的。」

「不要說這些。」

「媽，這孩子想當偶像歌手呢。」

「那戴著太陽眼鏡去參加選秀呢？」

「這樣特地去割雙眼皮就沒意義了啊。」

「也對。」

「煩死了，這星期內要是不消腫怎麼辦啦，真是的。」

「不要一直往壞的方向想。這些想法都會表現在臉上。專家都看得出來的。」

「我知道。」

「媽，你也替樹生加油，希望他這次可以被選上。」

「我去佛壇那邊拜一下。」

「啊，那這個你拿去，供品。」

「整理得比想像中乾淨呢。」

「是嗎？」

「比家裡的閣樓更清爽不是嗎。」

「都是照護員幫的忙。」

「這樣的話在松江應該也可以在家裡照顧媽吧？」

「不行啦。廣美聽到會生氣的。真是的，說得好像跟你沒關係一樣。」

「我去拜拜。」

「線香還有嗎？」

「啊，我沒點線香，我去點。」

「等一下再點也行。」

「不，我先去點吧。想點了線香再拜。」

「等一下，先來吃壽司。」

「咦？怎麼有這個蛋糕？樹生要吃嗎？」

「不要。」

「他怕會長痘痘。」

「很吵耶。」

「咦？媽你要去哪？喂，你過來一下。」

「上廁所吧。」

「媽去廁所？她可以嗎？」

「可以吧，平常也是一個人生活啊。」

「我去拜拜。」

「隨便你。」

我悄聲開了門，讓千鶴太太進來。

千鶴太太抓著扶手，自己拉下長褲和內褲。尿完之後就這樣休息了一下子。

廁所裡有充沛的陽光。千鶴太太臉上的皺紋比平常還多。

我問千鶴太太想不想去我家。

千鶴太太聽了之後笑了。

「現在就去。」

千鶴太太點點頭。

「距離這裡要一個小時左右喔。」

這是指靠千鶴太太自己走的話。

「很小、很暗，又很髒喔。」

但是總好過千鶴太太家的壁櫃。

「另外家裡還有我爸。」

這樣她好像也覺得無所謂。

「……那好。」

我下定決心。

打開門，躡手躡腳地來到走廊上。來到玄關，我先把步行推車推到外面去。

家裡的人好像沒發現。剛剛上完廁所，也沒有忘記東西。

「好，走吧。」

站在玄關回頭看走廊的那個瞬間，我懷疑起自己的眼睛。

眼前是可以靠自己力量站立的千鶴太太。沒扶扶手，也沒有靠在牆上。

「千鶴太太站直了！」

她站在走廊上，彎起嘴角笑著望向我這邊。

「啊！不行！不能動。」

隨便移動可能會失去平衡跌倒，還可能受傷。

「太危險了……。就這樣吧。」

千鶴太太右手指尖微微動了動。

「不行，別動了。」

千鶴太太右腳趾尖稍微摩擦著走廊表面。

「我說不行啦，就這樣別動。」

不只是千鶴太太些微的動作，連空氣的震動都讓我害怕。我的聲音、吐出的氣息，好像都能輕易推倒千鶴太太小小的身體。

我們沉默地盯著彼此。

然後千鶴太太臉上的笑漸漸消失。長滿白髮小小的頭慢慢轉向樹生他們那個方向。

「停，就這樣。」

千鶴太太好不容易才勉強維持直立。

「就這樣、就這樣不要動。」

我不再說話。我小心不讓千鶴太太倒下，屏住氣息、注意所有東西的聲音，從玄關離開。

彎過第一個轉角，來到兒童公園時，我還是沒有發出任何聲音。經過了超市，終於可以邁開步子跑起來。

解說

偶爾會聽到歌手之類的人在媒體上說：「希望可以帶給人勇氣和力量。」每次聽到我都覺得很開心。

因為我自己沒有足夠的勇氣和力量，所以不時會嚐到悲傷的、痛苦的滋味，也經常沒被人放在眼裡，假如能獲得勇氣和力量不知該有多好。

於是我在電視機前端正坐好，聆聽那些歌手演唱的歌，也不知為什麼，多半一點勇氣也沒冒出來，也沒有跑出什麼力量。非但如此，還會湧現激烈的憤怒，甚至有時我還會對著電視痛罵：「唱什麼爛歌，蠢蛋！」

為什麼會這樣？因為勇氣和力量這種東西沒那麼簡單能給，也無法從別人手中接收。

我這麼一說，一個身穿立領上衣，體格健壯、圓滾滾大眼睛的光頭就會從暗處走出來：「不！沒這回事。精湛的藝術確實能帶給人勇氣和力量。」

「最好的例子就是我自己。想當年我隻身一人來到東京進了和菓子店當學徒，後來遇到瓶頸完全喪失了自信，很想乾脆去混幫派算了，就在這時候我讀了轟一老師的《屯田的青春》，我不知道在那本書上獲得了多少勇氣、多大的力量。正因為有那次閱讀體驗，我才能有今天的成就。」

男人滾動著那對圓滾滾的大眼睛，丟下這句話後消失到暗處中。但是男人看起來並不如他自己說的那麼有成就，也不像充滿勇氣和力量的樣子。要說這代表了什麼，這代表了男人雖然覺得自己接收了勇氣和力量，但實際上並沒有接收到，那麼為什麼會覺得自己接收到沒有接收到的東西？那是因為這些東西已經被設計成讓讀者誤以為自己接收到了勇氣和力量，是依照這種設計圖來打造的。

許多東西都是這樣被製造出來，很多人都覺得能這麼獲得勇氣和力量是很好的事，因為現實中在生活裡有很多不開心的、辛苦的經驗，要是沒有這一點撫慰根本撐不下去。

但就算是這樣，那也無法儲存為自己內心真正的勇氣、真正的力量，只是暫時沉浸在那種感覺，也就是接收到勇氣和力量的感覺中而已。

另外，如果那張設計圖正確也就罷了，萬一設計圖錯誤或太過拙劣，就會像我前面說的，只會讓人失控想怒吼。

那麼難道就無法給人勇氣和力量了嗎？我覺得，當然不行。因為一旦出現想把勇氣和力量提供給別人的念頭時，勇氣和力量就已經淪為前面描述的替代品。

不過人的確有可能從其他人所創造的東西上獲得勇氣和力量，或者不要說是勇氣和力量好了，可能是無法用這種簡單話語來形容的東西，而且能確實留在自己心中，對之後的人生帶來影響。這種時候那些被創造出來的會是什麼樣的東西呢？比方說如果是小說吧，該是一本怎麼樣的小說呢？那必須是一本寫下的東西本身就等同於勇氣和力量或者其他東西的小說。假如要舉例，我會說，應該要像這本書《這邊是愛美子》一樣。

〈這邊是愛美子〉有許多面向，可以用許多方式去讀，用許多方式去感受，那就是這篇小說的過人之處，其中一個角度是假如這個世界上有所謂專一的愛、專一的東西，它在這個世界上會以什麼樣的形式出現？能夠在這個世界上專一去愛的人，會是什麼樣的人？那種專一的愛能給這個世界什麼？這個世界會怎麼對待專一去愛的人？

這些事全都寫在小說裡，比方說，能在這個世界上專一去愛的人，會是什麼樣的人？我們會知道，正常生活在社會上的人是不可能辦到的。

因為這個世界上有各種錯綜複雜的利害關係，活在這個世界上就等於成為這種利害關係網的一部份，而這將會對專一的愛帶來阻礙，因此想要專一去愛，只能站在這個世界的外側才行。可是，人要來到世界外側實在非常困難，因此大多數時候我們愛得並不專一，而是適度取得跟其他事的平衡而愛，也在這樣的狀態下被愛。換句話說，幾乎所有人都無法專一地愛，而能專一去愛的人，必須是一個在這個世界上找不到位置的人。

這就表示，能在這個世界上找到自己的位置又能專一地愛是騙人的，這件事對平凡的人可以說是極為殘酷的事，姑且不管這個，那麼我們不由得要想，專一可以給這個世界帶來什麼？

專一本身就是力量，那並不是活在這個世間寄託於希望這兩字，嘗試抓住類似希望的東西、希望的邊角的人所能承受的，專一的愛會連根破壞那種東西，接收專一的愛的人當然也無法承受，會漸漸被逼入絕境。

這麼說，聽起來彷彿專一的人擁有所向無敵的力量，那是因為既然是專一且純淨的愛，在這個世界中這樣的字眼會被視為好的存在，貿然否定就等於自我否定，因此必須得忍受，而當人被專一追逼、瀕臨毀壞時，為了保護自己，這世界會企圖放逐那些專一，至此期間，專一始終受到世間嘲諷，暴露在好奇的目光下。甚至可能遭到一頓痛揍。

但這並不會讓專一的東西受到直接傷害，只會透過特殊的回路，從不同於這個世界的其他東西上接收傷害。

假如專一的人從這個世界接收到傷害，那是因為這些人企圖透過自己的缺失來講述這個世界的道理、想用自己身體接收世界的矛盾、守護這個世界，真摯面對、展現溫柔，因為專一的人沒有能回應這些的語言，由此而生的悲哀，使得專一當中混雜了些許其他雜質。

這麼說來，擁有專一的人，當然，就是愛美子，或許很多人都會覺得「喔～愛美子是個很特別的人呢。」但其實並非如此，閱讀這篇小說的我們會發現，我們內心確實殘留無法用簡單言語表達的東西。我們感受到人世間的所有悲傷。我們還會發現所有情景都有其意義，從外部描繪著這個彼此相關的世界，以及活在這個世界中的人的樣貌。

那麼，為什麼這本小說能夠做到如此？

或許因為它並不是為了帶給人什麼而寫，而是面對著更龐大、更難以理解的東西而寫的緣故。

這邊是愛美子

〈野餐〉苦澀又惆悵。位在遠離幸福之地的人，信念既尊貴又不堪。〈千鶴太太〉也從另一角度描繪這個世界的人的言語和行動是如此彆扭、不自然，但實際上的我們好像也如出一轍，讀來不禁一陣暈眩。

目前我們能讀到的這三篇今村夏子的小說，我認為都是超越時代、應該永遠流傳下去的名作。

町田康／作家

「難以理解」的集合體

主角愛美子缺了三顆門牙。我覺得，真是難以理解。二十一世紀的日本女性可是連沒做好完整的除毛都會遭人議論的。愛美子不知道自己單戀近十年對象的姓。難以理解。一次都沒見過面的明星養的狗的名字我都知道。

愛美子就是個「難以理解」的集合。在金魚墳墓旁邊做了弟弟的墳墓，出乎意料的感覺令人聯想到《長襪皮皮》。不過《長襪皮皮》終究是童話，皮皮擁有全世界最強壯這個武器。而愛美子什麼也沒有。她只是一個活生生的、平凡的女孩。當一個無法跟大家一樣活的靈魂，得放在跟大家一樣的肉身裡活時，或許世界就變成了地獄。

果然，愛美子無法正常的生活。被排擠、霸凌、被家人疏離。但她本人甚至沒認知到自己身處這種狀況。

不過讀著讀著，卻發生了奇妙的變化。我發現自己開始嚮往這樣的愛美子。荒唐。難以理解。

為了成為在當代社會中「可以理解」的人，我試圖讓自己的想法去配合各種事物。比方說不同場合的氣氛、效率，或者「是否帥氣」等等。這很辛苦，但正是因為覺得不這麼做活不下去，才會持續努力盡可能不要太過偏差。

不要忘記紀念日、襯衫下擺要拉整齊、擔心聚會時的座位順序……，不安如影隨形。這一輩子或許都得消磨在這些事當中。總覺得，怪怪的。重要的事好像想得起來、但又想不起來。不過看到有如「難以理解」集合體的愛美子，就不覺湧現了勇氣。好像聽到一個不存在的聲音在說，丟開束縛吧。

但是太可怕了。愛美子難道不怕嗎？畢竟她隻身一個人被這個世界流放到荒島了啊。

隨著故事的推展，愛美子愈是遍體鱗傷，似乎就愈有生命力。彷彿隱約可見一群超越年齡和性別的異形朋友，在回應她「這邊是愛美子」的呼聲。以沒有門牙的愛美子為中心，一個新世界於焉誕生。

穗村弘／歌人

首次刊載《朝日新聞》二〇一一年三月二〇日

本書單行本於二〇一一年一月出版。
〈千鶴太太〉為出版文庫本時之新作。

國家圖書館出版品預行編目 (CIP) 資料

這邊是愛美子 : 今村夏子首本小說集 / 今村夏子著 ; 詹慕如譯 .
-- 初版 . -- 臺北市 : 遠流出版事業股份有限公司 , 2024.06
面； 公分
ISBN 978-626-361-661-5（平裝）

861.57 113004863

這邊是愛美子：今村夏子首本小說集

作者／今村夏子
譯者／詹慕如
主編／周明怡
封面設計／ Bianco Tsai
內頁排版／菩薩蠻電腦科技有限公司

發行人／王榮文
出版發行／遠流出版事業股份有限公司
104005 台北市中山北路一段 11 號 13 樓
郵撥／ 0189456-1
電話／ (02)2571-0297 傳真／ (02)2571-0197
著作權顧問／蕭雄淋律師

2024 年 6 月 1 日 初版一刷
售價新臺幣 350 元（缺頁或破損的書，請寄回更換）

http://www.ylib.com
e-mail:ylib@ylib.com